長白山新派叢書

张福有 主编

陈静诗词选

陈　静◎著

時代文藝出版社

图书在版编目（CIP）数据

陈静诗词选 / 陈静著. —长春：时代文艺出版社，2019.7
（长白山诗派丛书 / 张福有主编）

ISBN 978-7-5387-6109-2

Ⅰ. ①陈… Ⅱ. ①陈… Ⅲ. ①诗词－作品集－中国－当代 Ⅳ. ①I227

中国版本图书馆CIP数据核字（2019）第089631号

出 品 人　陈　琛
产品总监　郭力家
责任编辑　李鹏飞
封面题字　王云坤
装帧设计　孙　利
排版制作　毛倩雯

陈静诗词选

陈静 著

出版发行 / 时代文艺出版社
地址 / 长春市福祉大路5788号 龙腾国际大厦A座15层 邮编 / 130118
总编办 / 0431-81629751 发行部 / 0431-81629755 北京开发部 / 010-63108163
官方微博 / weibo.com / tlapress 天猫旗舰店 / sdwycbsgf.tmall.com
印刷 / 三河市万龙印装有限公司
开本 / 710mm × 1000mm 1 / 16 字数 / 178千字 印张 / 13.5
版次 / 2019年7月第1版 印次 / 2019年7月第1次印刷 定价 / 81.00元

图书如有印装错误 请寄回印厂调换

"长白山诗派丛书"编辑委员会

巍峨长白　张福有 摄

⊙2011年8月22日，张福有在长白山天池

主编简介

张福有，别署养根斋，祖籍辽宁东港，1950年生于吉林集安良民村，中央党校研究生，研究员。中国文联全委，中国摄影家协会理事，中国作家协会会员，中国书法家协会会员。曾任集安县委办公室副主任，通化地委办公室副主任，吉林省委副秘书长兼办公厅副主任，白山市委副书记兼政协主席，吉林省委宣传部副部长（正厅长级）兼吉林省社科联党组书记、副主席，吉林省文联（吉林省作协）党组书记、副主席和吉林省社科院副院长，吉林省政协常委，中华诗词学会二届、三届副会长等。现为中华诗词学会顾问，吉林省诗词学会会长，长白山诗副社长，《长白山诗词》主编，吉林省长白山文化研究会会长，吉林省文史研究馆馆员，吉林师范大学客座教授，中国社科院东北工程专家组成员，吉林省文物局集安麻线高句丽碑、安图长白山神庙遗址、抚松枫林遗址专家组成员。著有《养根斋诗词选》《张福有诗词选续辑》《诗词曲律说解》《长白山诗词史话》《高句丽王陵统鉴》等，辑笺《长白山诗词选》，编著《长白山诗词论说》《百年苦旅》《集安麻线高句丽碑》等，主编《长白山池南撷韵》等三十多部，有三十多项考古新发现，填补空白，纠正误识误读。2012年荣获“全国优秀科普名家”称号。被《长白山诗词》和“诗词中国”推荐为：“吉林诗家”“中华诗人”。力行以诗证史，倾心培育长白山诗派，为长白山文化研究和建设做出开拓性贡献。

长白瀑布　张福有 摄

⊙ 陈静

作者简介

陈静，女，网名冰儿，中华诗词学会会员，吉林省诗词学会理事。现年52岁，1967年5月7日生于吉林省珲春市桦树村。现就职于珲春市国家税务局，科员职务。工作之余爱好文学，热衷诗词写作。作品散见于《中华诗词》《长白山诗词》《吉林税务》《延边日报》《珲春报》等杂志报刊，以及十余部关东诗阵采风专辑。在任珲春大东诗社社长期间，配合省诗词学会张福有会长等编写了《珲春韵汇》一书。

江城梅花引·春雪

翩翩素影共春来。霰盈怀，意盈怀。不道人间，是否起尘埃。裁剪芳姿成六角，眉花落，缀梢头，和梦开。

梦开，梦开，香绕台。风一街，雪一街。看也看也，看不够，画里金钗。执手相询，为我展形骸？难恐生妒孩。拢被衣，对空窗，第几涯。

⊙ 陈静手稿

总　　序

经过多年的策划，“长白山诗派丛书”今年终于全面启动了。

早在1994年春，时任中共白山市委副书记蒋力华建议拙斋编辑《长白山诗词选》，并云：“担纲者，非兄莫属也。”拙斋深感兹事体大意深，可做，亦应做好。只是时任中共吉林省委副秘书长兼办公厅副主任，分管综合、信息、督查等政务工作，没有时间去做。1996年5月9日，拙斋亦被省委派到白山，任中共白山市委副书记兼市政协主席。当晚席间，力华说：“老兄，《长白山诗词选》这回可以动手了吧？”我答：“此事现在真的可以做了。”

此后，两年的业余时间，均做此事，每天只睡两到四个小时。辛苦，但很充实，也很快乐。

1998年9月8日，拙斋在白山市主持召开了全国第三次长白山文化研讨会暨《长白山诗词选》首发式。应拙斋之请，时任吉林省政协主席张岳琦同志莅临会议。中华诗词学会孙轶青会长写来贺诗。中华诗词学会常务副会长、《中华诗词》杂志社社长梁东，副会长、《中华诗词》主编刘征，副会长兼秘书长、《中华诗词》常务副主编周笃文，副会长、《中华诗词》常务副主编杨金亭，副会长、河南省诗词学会会长林从龙，中华诗词学会顾问、广西政协副主席、诗词学会会长钟家佐，《诗刊》常务副主编丁国成，著名诗词理论家丁芒等国内诗词大家齐聚白山，共襄盛举。会上，诸位诗词界权威盛赞《长白山诗词选》的辑笺和出版发行。丁芒先生着重谈了《长白山诗词选》的史学意义。梁东先生说："白山市委能从历史文化遗产中吸取力量，从几千年历史中展望未来，难能可贵。"刘征先生说："张福有同志辑笺《长白山诗词选》的出版，为繁荣中华诗词做出了不可磨灭的贡献。"周笃文先生说："词的源头可以追溯到《纪辽东》。《长白山诗词选》收录了隋炀帝和王胄的《纪辽东》，既是对长白山文化的贡献，也是对中华诗词的贡献。"杨金亭先生说："随着《长白山诗词选》的出版，呼唤长白山诗派的出现。《长白山诗词选》的出版，不仅是张福有同志对长白山文化的贡献，对繁荣中华诗词也做出了不可磨灭的贡献。这部书的问世，为研究长白山文化在中华文化中的个性与特色，提供了资料。这对于建设长白山诗派，很有益处。现在，全国的诗词创作空前活跃，不足之处是缺少诗派，或者说，有的流派还在形成之中。随着《长白山诗词选》的出版，呼唤长白山诗派的出现。只有众多诗派形成之后，才能有真正的诗词的繁荣。"这都是十分难得、甚为宝贵的评价和建议。尤其是杨金亭先生的意见，对于我们吉林省的诗词创作，具有特别重要的指导意义。中华诗词学会这几位先生的重要讲话，均收录在2001年10月出版的《长白山诗词论说》一书中，由时代文艺出版社出版。

培育长白山诗词流派，最重要的是加强诗词建设。加强诗词建设，是一项宏大的事业，要将其作为事业来对待。要有事业心和责任感，在队伍建设、阵地建设、理论评论建设、风格流派建设等方面取得突破。就此问题，我们抓了三十年，大致分为三个阶段：

第一个阶段是前十年。从1987年5月15日吉林省诗词学会成立，到1998年9月8日全国第三次长白山文化研讨会暨《长白山诗词选》首发式的举办。这十年多，主要是打基础，从组织上做准备和铺垫。长白山诗社几位社长特别是文中俊先生，做了很多工作。这十年多，虽然没有明确吉林的诗词发展要以什么为目标和主攻方向，但加强队伍建设、办好《长白山诗词》，传承旧体诗词、发展和繁荣诗词创作等方面，是明确的，而且是非常重要的。这是打基础的阶段。

第二个阶段是中十年。从1998年9月8日到2008年9月12日，即从全国第三次长白山文化研讨会暨《长白山诗词选》首发式起，到吉林省诗词学会第二次会员代表大会的召开。主要目标是深入挖掘长白山诗词的历史底蕴，建立、健全各级诗词组织。

长白山诗词底蕴深厚，从《诗经》的“大东”“追”“貊”“商”，到词的源头《纪辽东》；从汉、魏、晋、唐、宋，到辽、金、元、明、清，长白山诗词源远流长，而且有优秀的传世作品。隋炀帝的《纪辽东》，唐太宗的《辽城望月》，李白的《高句丽》《送王孝廉觐省》，张元幹的《念奴娇》，萧太后的《秋猎》，王寂的《渡辽》，赵秉文的《长白山行》，刘敏中的《卜算子·长白山中作》，朱元璋的《鸭绿江》，康熙的《望祀长白山》《柳条边望月》《松花江放船歌》等，吴兆骞的《长白山》《长白山赋》，乾隆的《驻跸吉林境望叩长白山》《望祭长白山》《吉林览古杂咏》《吉林土风杂咏十二首》等，张凤台的《赠刘建封》，刘建封的《白山纪咏》等，十分珍贵，不可多得。尤其是“三吴”——吴兆骞、吴大澂、吴禄贞，二沈——沈承瑞、沈兆禔，“吉林三杰”——成多禄、宋小濂、徐鼐霖，在长白山诗派中都堪称独树一帜，成就斐然。

《长白山诗词选》出版之后，我又陆续查找到一些与长白山直接有关的诗词。如，从金代王寂的《张子固奉命封册长白山回以诗送之》七律中可知，金代是派张子固到长白山北的神庙即安图“宝马城”封册长白山神为“开天宏圣帝”的。此事，《金史》中无记载，是以诗证史的典型例证。2009年，我将王寂这首七律收录进《长白山池南撷韵》一书，由吉林人民出版社出版。从王寂《鸡儿花》的五律中，可知他在信州偏脸城中的大明寺住过。曹雪芹的祖父曹寅，随康熙东巡到过吉林，有词《满江红·乌拉江看雨》，可谓坚证。吴大澂在《皇华纪程》中留下很多诗词，一路上在吉林境内吃住过好多地方。其实，他在第一次奉使吉林时（光绪六年腊月十五晚）就住在敦化官地镇岗子村，当时叫通沟镇，通沟驿站就是吴大澂增设的。通沟驿站的位置，与现在的通沟书院紧相比邻，仅距几十米。这都是不可多得的力作和掌故。这些长白山诗词作品，奠定了长白山诗词流派的根基。这是一笔非常宝贵的精神文化遗产。

我们要培育、建设长白山诗词流派，首先要深刻认识古人这些长白山诗词作品的重要价值，从中汲取养分，才能将其很好地传承下去。全省多数市州和有条件的县市区，都建立了诗词组织。2001年，由翟志国选编的《长白山诗词精选》，收录了《长白山诗词》自1985年创刊到2000年十五年间的诗词精品，正式出版。2003年出版的拙著《一剪梅情缘》，事由李克谦先生发端，俞平伯之子俞润民、陈煦伉俪热心助力，欧阳中石先生题写书名，严迪昌先生作序，全国近三百位诗人参与，感动了全国诗词界，其中的主要文章被收入《中华诗词年鉴》。

《长白山诗词选》出版以后，得到书法家的高度重视。徐邦家先生率先书写，出版专著。全省很多县市的县志、市志中，选入与当地有关的长白山诗词。吉林省地方志办公室又让我从志书里的诗词中，选收《志咏长白》等一百首，专门出版。《长白山诗词百韵》，是根据蒋力华先生的提议，由我从《长白山诗词选》中选录的。这一百首诗词，周至清代六十首，民国十首，当代三十首。书已出版，书法作品还举办了展览。

第三个阶段是后十年。从2008年9月13日到2018年4月4日，即从吉林省诗词学会第二次会员代表大会的召开起，到这次编辑的“长白山诗派丛书”书稿送交时代文艺出版社。

2008年9月13日，我们召开了吉林省诗词学会第二次会员代表大会。经会长办公会讨论、张岳琦会长审定，我在报告中提出“发展振兴我省诗词事业，培育、建设长白山诗词流派，使之进一步融入全国诗词由复兴走向繁荣的大潮”的五项主要工作任务：一是，扩大诗词队伍，加强组织建设；二是，提高创作质量，办好《长白山诗词》；三是，深入生活，深入实际，多创作关心时事、反映现实、感悟人生的作品，使之成为诗词创作的主流；四是，加强对外交流；五是，与时俱进，积极开发电子网络传媒中的诗词活动。其中主要是通过大规模采风创作，锻炼、提高队伍，坚持出版大型主题诗词集。这期间，在集安、长白山池南区、江源、通化县、公主岭、白城、农安、辉南、珲春、图们、梅河口、通榆、长白山池北区、四平、东丰、吉林市龙潭区江密峰镇、敦化等地举办的诗词采风和诗词活动中，我们都反复强调培育、建设长白山诗词流派这一重要工作，形成共识，齐心协力地抓落实，见到显著成效。

2010年3月21日，中华诗词学会顾问、《中华诗词》主编杨金亭先生在我省农安诗人叶宝林的诗词研讨会上高兴地说：“可以说，长白山诗词流派，现在已经初步形成。”这是杨金亭等先生对吉林和东北诗词事业的充分肯定。

三十年间，我们主要做了以下工作：

一是，连续组织大型采风活动。

1. 2005年4月23—24日，关东诗阵第一届年会暨杏花诗会在白城市召开。

2. 2006年，关东诗阵年会暨百家诗人咏黄龙活动于7月12—13日在黄龙府农安召开。

3. 2007年4月29日—5月2日，在集安召开年会，著名诗人熊东遨、包德珍、韩林坤、张驰参加。出版采风诗集《历代诗人咏集安》。

4. 2008年3月16日，由耐寂轩主主编的《长白山诗词》刊发《关东诗阵专号》，共收关东作者一百三十余人，近五百首作品。

5. 2008年9月5—7日，由长白山池南区管委会、关东诗阵联办的“长白山池南颂采风之旅暨关东诗阵2008年年会”在长白山池南区召开。出版采风诗集《长白山池南撷韵》。

6. 2009年3月23日，在中共吉林省委宣传部的大力支持下，召开了《长白山池南撷韵》出版座谈会，来自吉林、黑龙江等地的六十多位作者代表出席。

7. 2009年6月12—14日，在公主岭市举办“公主岭诗乡之旅暨关东诗阵2009年年会”，著名诗人熊东遨、李枝葱参加。出版采风诗集《公主岭风韵》。

8. 2009年7月，通化县“酒海溢香”诗会。出版采风诗集《酒海溢香》。

9. 2009年9月28—30日，由白山市江源区、中华诗词论坛、吉林省诗词学会、长白山文化研究会主办，中共白山市江源区委宣传部、关东诗阵、江源区文化旅游局承办的“江源毓秀金秋采风”活动暨《百年苦旅》首发仪式、庆祝关东诗阵成立五周年大会在江源区举行，包德珍、张驰再度参加。出版采风诗集《江源毓秀》。

10. 2010年5月，举办白城杏花诗会，熊东遨、钱明锵参加。

11. 2010年7月6日，在辉南玛珥湖山庄举办“当代诗人咏辉南龙湾采风行”活动。出版采风诗集《当代诗人咏辉南》。

12. 2010年9月11日，农安诗会暨关东诗阵2010年年会。出版《黄龙逸韵》。

13. 2011年6月，再次组织通化县采风活动，召开关东诗阵2011年年会。出版采风诗集《诗人走进通化县》。

14. 2011年8月，《图们江放歌》出版。8月19日—21日，在图们市朝鲜族百年部落举行首发式，三十位诗友聚集一堂，围绕《图们江放歌》出版发行的历史意义、文化价值、培育长白山诗词流派等问题开展研讨。

15. 2011年12月，《辛卯开岁联唱集》出版。

16. 2012年7月20—22日，梅河口采风活动，召开关东诗阵2012年年会。采风作品收入《梅津汇律》《海龙吟》。

17. 2012年9月22—23日，《珲春韵汇》《延边礼赞》出版，为延边设州六十周年献上厚礼。

18. 2013年8月5—6日，通榆向海采风活动，召开关东诗阵2013年年会。出版采风诗集《鹤乡雅韵》。

19. 2014年5月28日，中共四平市铁东区委、区政府和四平市诗词学会，共同举办“纪念纳兰性德诞辰三百六十周年端午诗会”，吉林省诗词学会参加活动。

20. 2014年7月4—6日，《诗情画意鹿乡行》采风启动仪式在东丰县举行。“中华诗词论坛·关东诗阵”的主力五十位诗友参加采风，召开关东诗阵2014年年会。12月31日，中共东丰县委、县政府隆重召开《诗情画意鹿乡行》首发式，有七百多人参加。

21. 2014年8月28日，中华诗词学会主办的“寻梦纳兰性德祖地，走进诗情画意四平”诗词研讨会在四平市铁东区叶赫大架山晨亮会馆举行。全国诗人走进四平，省诗词学会大力支持。四平市诗词学会为了宣传纳兰性德祖居地，研究纳兰性德诗词，还举办了纳兰性德诗词大讲堂。

22. 2015年12月18—21日，“纪念刘建封诞辰一百五十周年长白山诗会”在长白山一山一蓝生态主题酒店举行。诗词中国组委会代表、中国出版集团中版文化传播公司总经理助理沈昊，向“诗词中国创作基地定点合作单位”一山一蓝生态主题酒店、长白山历史文化园授牌。2015年度关东诗阵年会召开。会后结集出版《韵补东荒》。

23. 2016年9月23—25日，吉林省诗词学会组织东北三省部分诗人在吉林市龙潭区江密峰镇采风。“精彩龙潭”诗词座谈会暨关东诗阵2016年年会在龙潭区档案馆召开。关东诗阵九名版主参加了这次活动。

24. 2017年4月29日—5月1日，“敖东绮韵”关东诗阵2017年年会在敦化举行。敦化市诗词学会和通沟书院于亚茹院长给以大力支持。

关东诗阵的年度采风，得到了吉林省委原书记王云坤的高度重视和鼎力支持，多次题写书名，得利了吉林省政协原主席、中华诗词学会顾问、省诗词学会老会长张岳琦和中共吉林省委原副书记、省诗词学会顾问唐宪强的大力支持。只要能脱开身，他们都尽量到采风市县参加活动。平时，也帮助省诗词学会解决不少难题。吴文昌同志曾任中共吉林省委组织部副部长、吉林省人事厅厅长等职，出任“中华诗词论坛·关东诗阵”首版助理，帮助论坛把关定向，做了很多重要工作。个人出版有《临清集》《俯仰集》等三本诗集。聂德祥同志退休前任吉林省诗词学会副会长，是学会资历最深的副会长，出版有《试剑集》和《虎啸集》，积累了大量资料和诗词档案，为学会的建设做了很多工作。在每年诗词采风之后的编书工作中，副会长翟志国的从严把关让人记忆犹新。出力最多的是副会长温瑞，眼明手快，加快了进度，保证了质量。副会长邵红霞和关东诗阵首版助理高丰清多次参与编书。除了采风之外，我们还根据中华诗词学会的部署，编辑出版了《中华诗词文库·吉林诗词卷》，堪称是对长白山诗词流派建设成果的一次集中检阅。我们还根据中华诗词学会的部署，编辑了《当代中华诗词集成·吉林卷》。

二是，坚持办好《长白山诗词》，出版具有地域特色的诗词作品集。《长白山诗词》，有国内外公开刊号，张岳琦主席提出明确的办刊理念：“扎传统之根，开时代之花，育佳作之林，建诗友之家。”双月刊，现已出刊一百四十八期。

在采风之后正式出版的大型主题诗集之外，我们还编辑出版了《香远溢清》《百年苦旅（诗贺）》《戍楼浩咏》《人民警察颂》《法书吟鉴（诗贺）》《李元才书法集（诗贺）》《白山纪咏》《雪域情怀》《纪辽东》《辛卯开岁联唱集》《松花玉咏》《长白山黑陶》《公主岭玉米之乡》《吴景升文集（诗贺）》等诗集。九台、德惠、农安及白山、集安、通化县等地，都有固定的诗词刊物和诗集出版。真可谓硕果累累，被中华诗词论坛张驰先生称为“关东诗阵现象”“吉林诗词现象”，被周笃文先生誉为“关东铁军”。

关东诗阵的历任首版及版主，无偿做了大量工作。《关东诗阵·精华卷》，从2004年10月，到2018年3月，共有一百六十二卷，收录精华诗词曲一万零五百八十五首（篇）。其中，诗七千三百一十首，词三百一十六首，曲九十五首，赋四篇，楹联十五副。吉林省诗词建设成就斐然，与长白山诗社序列在吉林省政协有直接关系。三十多年前，中共吉林省委强晓初书记大力支持成立长白山诗社和省诗词学会，诗社有编制、有经费、有公开正式刊号。张岳琦主席等吉林省政协主要领导继续大力支持，使得吉林的诗词事业不断发展。

在近十一年由吉林人民出版社等出版的二十多本大型主题诗集中，有诗词三万多首，其中约有两万首是相对集中写长白山的诗词作品。这是长白山诗词流派的重要内容和代表作。采风所得的丰富作品与大家平时创作的作品，构成“长白山诗派丛书”的坚实基础。出版《会意天风合律鸣》等八本诗词专辑的中共吉林省委宣传部原常务副部长、省诗词学会副会长蒋力华同志，对长白山诗词创作取得的这些丰硕成果，由衷地高兴，指出：建设“诗域吉林”，已经初见成效。

三是，重在培养提高创作队伍。吉林省内多数市州县区，都有诗词组织和刊物。很多诗人都出版了自己的诗词专辑，有的出版过多本。白城“四匹狼”、德惠“三花一剑”、磐石“草堂八友”、“佟江七子”、“通化八拙”等，名传省外。李容艳、陈淑艳等诗友将关东诗阵每年一度的采风创作称之为“拉练”。每次“拉练”，关东诗阵都是主力。以《长白山池南撷韵》为例，本书作者来自全国二十三个省、市、区一百九十八人，其中，东北三省九十八人，占近百分之五十。在东北三省的九十八人中，吉林省八十一人，占百分之八十二点七。在中华诗词学会举办的六届

“华夏诗词奖”中，先后有邵红霞、奚晓琳、张文学获一等奖，翟志国、于德水、褚艳芳、寇彦龙、李红光、赵丽萍、李振平获二等奖，刘庆霖、陈旭、吴菲、边郁忠、张彦、于海凤、吴文昌、田子馥、宋轼霖、张英玉、张景芳、叶剑波、冯振江、房爱广获优秀奖。其他奖项吉林诗人就更多了。

被诗词界誉为“诗坛铁军”的这支队伍，招之即来，来之能咏。人民出版社出版的《呼唤》，中华诗词学会第四次会员代表大会的志贺诗《蟹岛唱和集》，近三年恭王府的《海棠雅集》，在很短的时间内，我在大家的支持下，均约提供了二分之一的作者、三分之二的作品。

四是，积极争取发展繁荣长白山文化、长白山诗词进入吉林全省工作决策中。根据我们的建议，长白山文化建设包括长白山诗词建设，陆续被写入省党代会报告、省委全会的决议和省政府、省政协的工作报告中，写入省委常委会、省政协的年度工作要点中，真正进入全省的工作决策。这是前所未有的重大转变，标志着长白山文化、长白山诗词建设，已经由研究层面，进入到实施层面，意义重大，影响深远。这一重大转变的时点，恰逢长白山得名一千周年之际。据《辽史》记载，辽圣宗统和三十年（1012年），“长白山三十部女直乞授爵秩”，并有“长白山女直国大王府”“鸭绿江女直大王府”之说。女直即女真，因为避辽兴宗耶律宗真之讳，辽改女真为女直。在长白山得名一千周年之际，吉林省政协于2012年6月27日，在省宾馆成功地举办了长白山文化发展论坛，机遇巧合，意义殊深。时任省政协主席、后为省长、现为省委书记的巴音朝鲁主持会议，时任全国政协副主席孙家正到会做重要讲话，省政协副主席任凤霞主持第二阶段论坛，省政协书画院院长、省诗词学会副会长蒋力华具体负责筹备这次长白山文化发展论坛。著名学者余秋雨先生和我发表主旨演讲。我的讲演的重要内容，就是阐述长白山文化是代表吉林文化的标志性符号，长白山诗词是长白山文化的精粹，介绍长白山诗词流派的重要成果。

五是，凭借网络、手机等现代传媒手段，开展全国联动唱和。吉林省诗词学会与中华诗词论坛合办关东诗阵。有了这个平台，堪称如虎添翼。正是利用这一平台，从2005年开始，我发起了贺春唱和。每年从腊月廿三“小年”开始，到次年正月十五结束，开展同韵贺春唱和，成为当代中华诗词的一道靓丽风景。2011年春节，由沈鹏、周笃文、张福有、张岳琦四家发起辛卯开岁联唱，在内地及港澳台地区引起了热烈反响，上万名诗歌爱好者上网参与，以祈福祖国、讴歌时代和歌唱生活为主题的联唱，为新春佳节增添了浓郁的中国传统文化气息。仅半个月时间，高筑吟楼八百九十九楼，点击一万三千多人次，参与唱和的诗人遍布内地三十一个省、市、自治区、直辖市和香港、澳门特别行政区以及台湾地区。这是2005年春节以来贺春的高潮，内地三十一个省、市、区和港、澳、台地区三百多位诗人参与和诗，共得同韵和诗三百八十三首，陕西旅游出版社出版了《辛卯开岁联唱集》，《人民日报》2011年11月22日做了报道。2011年，张岳琦主席的“先”韵和我的“芳”韵唱和，仅半月时间，有近千人参加，加上步四家联韵，三韵共收和诗一千二百三十首，盛况空前，史无前例。周笃文先生盛赞曰：“真昭代祥瑞也！”“功德无量！”

2012年春节，更是高潮迭起。初一漏夜，书坛泰斗沈鹏先生以手机发给我七律的首联。我即转给周笃文先生得续颔联，返我后又接成颈联发给张岳琦先生，足成一律。我将其发至网上，并提示诗友云：为客岁四家联唱之继响也，不啻当今吟坛又一雅事。

从2005年乙酉到2016年丙申，地支满一轮，历经十二年，得内地三十一个省、市、区一千二百四十多位诗人响应，共得贺春和诗四千二百多首。2016年，我们悉遵蒋力华君雅意，以《长白山诗词》2016年增刊形式，编辑出版了《春韵满神州——十二年贺春唱和集》，收录一千二百四十余位作者两千六百多首诗。2017年和2018年，又收到一千余首同韵和诗。每年春节的贺春活动，都迅即传播到很多网站。贺春主题帖成为全国诗词界目前吟楼最高（超千层）、人气最旺（过万点）的热帖。广大网友评价，网上和诗迎春，堪称一个创举。这些活动的成功，发起者因势利导，组织者既是诗人，同时又能亲自上网。张岳琦同志和周笃文先生每天都亲自上网看稿，发现情况，随时沟通协调。在和诗过一百首、二百首、三百首、五百首之后，我们相继依原韵作诗感谢诗友。春节期间，我每天都在网上工作十六个小时左右，一千多楼的跟帖，除极个别者外，每帖必回，好的给以鼓励，致以谢意；遇有出律的和需要修改的，提出意见和建议，有的还要反复多次才能定稿并不断编帖。讨论中，充分发扬学术民主，尊重作者意见。同时面对近千名作者，我都通过论坛短信、电子邮箱和手机，及时掌握作者的姓名、地址、邮编、电话，建立通讯录，出书后，给作者寄书。

大量艰苦细致的工作，赢得了广大诗友的敬意和感佩。2011年春节，安徽诗人胡宁在回帖中写道："什么叫精气神？什么叫凝聚力？"张岳琦先生在给我的短信中写道："联句唱和，蔚为壮观。此乃今年诗坛特有的盛事！工作浩繁，完全是奉献。"周笃文先生称赞道："开岁诗联唱活动形成了一种新的网络文化现象，在互联网飞速发展并影响着人们生活的今天，还有这么一群诗歌爱好者拥有着健康向上浪漫诗意的过年方式，堪称诗坛铁军，真是奇迹！"并致信于我："爱兄之骆驼精神，诗坛殆罕其匹也！"周笃文先生欣慰地说："这次活动还是一次成功的探索，它激活传统，继雅开新；网络诗文，表现当代。"

每年网上贺春结束后，我都在蒋力华的支持下，选二三十首精品佳作转给《吉林日报》刊发，《长白山诗词》也选发百八十首，做到网刊互动。

2018年的贺春活动，共收到和诗四百五十多首。《长白山日报》以三个版的篇幅，刊发一百五十首。《协商新报》刊发五十首，《城市晚报》刊发三十六首，《长白山诗词》第3期刊发一百二十首。

六是，创立新词牌，精心创作继雅开新的标志性作品。马凯先生提出“求正容变”，周笃文先生提出“继雅开新”，深有见地。就此，我们做了一些探索。

（一）规范《纪辽东》词谱，三年多全国有二十八个省、市、区三百多位诗人创作《纪辽东》四千多首。隋炀帝，即杨广（569—618），首创《纪辽东》，堪称不朽。大业八年（612年），隋炀帝伐高句丽，渡辽水，大战于东岸，并作《纪辽东》。其中“轻歌凯捷丸都水”句，“丸都水”在《全汉三国晋南北朝诗》《隋书》和《奉天通志》中均作“九都水”，乃误。我在辑笺《长白山诗词选》时将其订正为“丸都水”。“丸都”，系高句丽都城国内城的守备城——丸都山城，在今吉林省集安市城西北二点五公里处。而九都，于历史、地理等方面均不确。“丸都水”，确指应为丸都山城下的通沟河。通沟，亦称豆谷、洞沟。1998年9月8日，时任中华诗词学会副会长兼秘书长周笃文先生指出，根据任半塘先生的论断，隋炀帝和王胄的《纪辽东》，当是词的源头。之后，周笃文先生还给我转来任半塘先生论及曲辞起源应始自隋代之大札，征引旁博，确凿不移。任半塘先生的论断是可信的。宋词源于唐曲子，唐曲子自燕乐出，实始于隋。这就将词起源于晚唐、中唐之说，又向前推进了。宋人郭茂倩明确指出：“《纪辽东》，隋炀帝所作也。”即录以冠“近代曲辞”。龙沐勋肯定《纪辽东》“为倚声制词之祖”，“为词体之所托始”，这应当是不争之定说。隋炀帝的《纪辽东》，传到敦煌莫高窟中，以《求因果》为名，有四十五首。之后，两宋、金、明、清历代，都不乏类似《纪辽东》的词作，只是调以《武陵春》《贺圣朝》《导引》《祝英台》《双头莲令》《隔溪梅引》《阮郎归》变格等别名。这些词牌及作品与《求因果》《纪辽东》在体式上的联系在于“七五为章”，上下两片，四十八个字；差异在于平仄、韵脚变化增多且不换韵。词之源头，是隋炀帝的《纪辽东》。《纪辽东》，开长白山诗词之先河。词的源头能与世界文化遗产吉林集安之丸都山城乃至长白山文化相连，实为中华诗词发展史上之佳趣，更是长白山文化、长白山诗词、集安文苑中不可多得之瑰宝。2009年秋，我借《江源毓秀》创作之机，依隋词体格，作七言五言，双调联章，边创作边作规范平仄与用韵。以七律格式为底本，对于五言句，减偶数句七言句前二字。共得四种格式，就首句末二字论，有平平脚、仄平脚、平仄脚、仄仄脚四种，兼有些许变化。平仄粘对同律，词性不用对仗。仄平脚句要防孤平，可用拗救。此外，一三五不论，二四六分明。平收，均用平韵。仄收，同韵部叶仄，也可不叶。拙文在《长白山诗词》2009年第6期和“中华诗词论坛·关东诗阵”发出之后，立即得到周笃文先生的鼎力支持，挤出宝贵时间惠赐《贺〈纪辽东〉词谱问世寄张福有并序》，誉之为：“《纪辽东》词谱得福有兄悉心整理，厘定四格并亲制六组二十四阕，以为发凡起例。此大功德也，堪称不负平生之名山事业。”《中华诗词》2010年第8期，刊登了拙文《规范词谱传承〈纪辽东〉》。2010年9月25日，我在全国第二十四届（浙江乐清）中华诗词暨夏承焘、吴鹭山学术研讨会上宣读了《规范词谱传承〈纪辽东〉》的论文，此后，又上来一些作品。至此，可以说我们传承《纪辽东》的初衷完全得以实现。2011年4月，吉林人民出版社出版的《纪辽东》专辑，收录《纪辽东》一千八百一十五首。当隋炀帝初征高句丽、创作《纪辽东》一千四百周年之际，《纪辽东》突破四千首。仅蒋力华一人，就创作《纪辽东》四百多首，出版《纪辽东》专辑《天风直引大荒边》。李容艳以刘建封与拙斋的六十首《白山纪咏》为题材，一气呵成专题纪咏《纪辽东》六十首。繁荣《纪辽东》，以慰先贤，期启后世，已成现实。

（二）张文学创《玉甸凉》词体。《纪辽东》是整理古词，规范词谱所得。纯属吉林诗人自创词谱，近年有《玉甸凉》《一剪梅引》《海龙吟》。2007年，吉林省诗词学会副会长张文学先生草创《玉甸凉》，当时自度一曲，因词中有“玉甸生凉”，长春女诗人吴菲建议以《玉甸凉》名之。温瑞等整理了《玉甸凉》词谱，遂得一百九十四首《玉甸凉》作品。后来得知《新修康熙词谱》中有《玉簟凉》，音同意别格异，乃一趣也。

（三）赵光泽自度词，我帮其修改并制《一剪梅引》词谱，得佳作二百八十多首。2010年7月23日，我们与通化市诗词学会和辉南县诗词学会共同组织了“当代诗人咏辉南”采风创作活动。辉南县诗词学会会长赵光泽等自度一曲《辉发怀古》，在括号中标明：“自度，无名，请养根斋斧正赐谱为盼。”初稿共十句，一百零四字。我当时正在图们市参加“图们江文化研讨会”，起早试改并制谱。这个谱十分好记，就是将《一剪梅》在七字句前加一相对的七言律句，并作为一片。再重复一片，即为全词。叠韵处，可以不用叠韵，而选用“红了樱桃，绿了芭蕉”式的对偶韵句。但韵脚过密会给创作增加难度。第一个四字句不押韵亦可，如“燕子回时，独上西楼”。通过网上讨论，温瑞整理了六式词谱，迅即掀起创作热潮，辉南采风期间，创作三百多首《一剪梅引》，《当代诗人咏辉南》一书中选编二百二十多首。2010年，在侯振和先生建议下，又收到《一剪梅引》近百首，《图们江放歌》一书中选编六十六首。这两部诗集所收三百首《一剪梅引》，多为精品。

（四）我创《海龙吟》词谱，出版专辑。2012年夏日，为商定梅河口采风暨中华诗词论坛成立十周年事，我三下梅河口。市政协及市诗词学会遵市委领导同志意见，高度重视，精心设计，诸多要项、细节，日渐清晰。王志明兄提示，江源采风，《纪辽东》兴；辉南与图们采风，《一剪梅引》新牌创立得获颇丰。梅河口采风，亦应有所标记。李延平录白万金考乾隆诗《海兰河屯有序》予拙斋，得知“海兰霍吞”即“海兰河屯”。此地多生榆树，故民间称为榆城。遂认同“海龙”当为“海兰”之异写。读罢取其题与序中“海”字、诗文中“龙”字，亦恰合梅河口市旧名海龙县，又近词牌《水龙吟》，故作《海龙吟》，双调小令，四十二字，四仄韵，上下片六言句，宜用对仗。结，五字句，宜去声一字领，上一下四。

主要句式，从《水龙吟》中析出，求其简便。有了词谱，我先抛砖，率作二十六首《海龙吟》。梅河口采风期间，共收到《海龙吟》一千五百多首，选编一千二百三十四首，在吉林人民出版社出版了《海龙吟》专辑。

长白山文化是古老的，长白山诗词的传承是全新的。我们比较注意防止对长白山文化、长白山诗词的误解与误导。针对“东陲无文”“长白山没有文化”之类的片面认识，多做一些说明和介绍。特别是利用我们在考古田野调查中的新发现，深化对东北史和长白山区开发史、长白山诗词发展史的研究。

2014年10月20日8时31分，我在抚松发现枫林遗址和长白山手斧。手斧是打制的，是旧石器概念。据吉林大学教授、中国考古学会旧石器专业委员会副主任陈全家先生鉴定，长白山手斧距今约五万年，石斧是磨制的，是新石器概念。手斧是人类第一次懂得对称美、掌握对称艺术制成的生产劳动工具。2015年7月7日下午4时29分，我在抚松漫江发现长白山石磬，后经专家鉴定，将其定名为“长白山石磬1号”，一磬双音，小三度，应是新石器时代的打击乐器。原始人的诗性思维，与长白山人的诗意创造，在一开始就浑然一体！因而，诗意长白，是长白山人伟大的历史创举和不朽杰作。长白山手斧与长白山石磬，本身就是绝妙的史前诗。

我们今天所用“长白山诗派”这个概念，有其特定的含义。长白山雄伟壮丽的自然景观，是诗词创作的不竭源泉；深厚的历史文化底蕴，是诗词创作的牢固根基；反映长白山文化建设的成果，是诗词创作的重要题材；保护长白山生态、发展长白山文化产业的需求，是诗词创作的持久动力。这些方面，是对长白山诗派的直观诠释和诗意表达。

近些年来，我们在长白县发现战国时赵国的积坛，连同此前曾在长白县八道沟发现赵国蔺相如的青铜戈，考证在集安阳岔发现的赵国阳安君李跻的青铜短剑，在集安的良民发现公元247年东川王所筑高句丽的第一个平壤城，考证辽源龙首山城一带是扶余的后期王城，燕秦汉长城到了吉林境内，《史记》中的“筑障塞”，《汉书》中的“起营塞”，通化平岗山祭坛和敦化官地岗子遗址、岗子类型的全新发现，为寻找燕赵文化东进、汉代郡县和史书中的挹娄、靺鞨白山部及渤海国东牟山，开拓了全新的视野。考古田野调查为长白山文化研究和长白山诗词创作，提出了很多新课题。围绕这些新发现，诗人写了很多诗词，经常在《长白山诗词》上发专栏，在“关东诗阵文库”中建专题。通过诗词创作，积累以诗证史的资料，进而认清这些新发现和新研究成果的重大历史文化价值，这对于正确揭示长白山地区的开发史、提升东北文化软实力，具有重要意义。

所谓长白山诗词，是指描写长白山景物与风土人情的旧体诗词。古今中外，有关长白山的诗词是大量的。长白山诗派的成果，是诗意长白的创作载体和诗化结晶。

长白山诗词流派是历史形成的。从唐宋到辽金，从元明到清，特别是有清一代，长白山诗词十分丰富。纳兰性德，祖籍四平叶赫，其词被称为“北宋以来，一人而已”。著有《东海渔歌》的清代女词家顾春，祖籍汪清，其祖父鄂昌是雍正朝权臣大学士鄂尔太之侄，词名远播。二人被誉“男有成容若，女有太清春”，这二人堪称长白山诗词流派的重要代表。《白山诗介》是乾隆、嘉庆年间由铁保编纂的诗集，共十卷。清代，八旗文人把诗词作品辑成总集，均在题目上冠以“白山”二字。除《白山诗介》外，还有三部：雍正年间由伊福纳编纂的《白山诗钞》，四十余卷；乾隆初由卓其图编纂的《白山诗存》（卷数未清）；光绪、宣统之际，由杨钟羲编纂的《白山词介》五卷。这些汇辑满族诗人的诗词集，均用“白山”来冠名，已经被称为“白山文学流派”。还有《白山诗草》，程湄著。还有《长白山诗》，作者均为满洲已故之人。铁保编著《熙朝雅颂集》的前半部，全是白山诗选。《大东景运集》亦为铁保所辑，收近二百家满族诗人作品，分立小传，标明诗之源流。还有流放宁古塔的清代流人诗，多有佳作、力作。惜目前所见对于清诗流派的研究专著，无涉长白诗派。对于当代长白山诗词，有的研究专著也未置一词，不免遗憾。

长白山诗派，是从历史上白山文学流派中析出之一支。长白山诗词作品的风格，向以“拙、重、大”为标志。王寂在金朝鼎盛时期，以诗词考得进士，以文章政事显称于世。其诗诸如“按辔澄清须我辈，据鞍矍铄奈吾身”，不掩舍我其谁之志；“只凭忠信行蛮貊，岂有文章动鬼神”，毫无委曲求全之音。其诗文清刻镵露，博大疏放，是金代“国朝文派”的代表性人物，其特征是具有“质朴贞刚”的文化气质。此论堪称定评。这一“质朴贞刚”的文化气质，到有清一代，大家林立。吴兆骞的“长白雄东北，嵯峨俯塞州”，“白雪横千嶂，青天泻二流”，沈承瑞的“龙形蟠大野，云气撼沧溟”，“混同天一色，长白雪千堆”，“吉林三杰”翘楚成多禄的“断垒十重摇树色，大江三面走秋声。老来别有兴亡感，不向西风诉不平”均堪称代表作。这类作品，铿锵有力，远胜咿呀软语。今人张文学的“纵使八千岁，也入大荒东”“乔岳巍巍何太白，披甲傲苍穹”“湛湛天池清虚砚，愿将吾、砚尽俱成墨。大写意，忘情泼”，毫无酸腐气，脍炙人口。他的《水调歌头》《金缕曲》，皆以豪放著称，首首俱佳，几乎成品牌。古往今来的一大批诗人、一大批作品，均可列出一大批佳作。加之状写长白山土产、风情、史典、田园的诗、词、曲，乾隆以降，代不乏人，迄今可举黄龙府刘庆霖、东辽温瑞、边台聂德祥以及丸都、梅津、柳河、大东、公主岭乃至辽海、黑水等诸家例证。

不难看出，从金代的“国朝文派”到清代的“白山学派”，逦至今之长白山诗派，一脉相承。长白山诗派，是从历史上的“国朝文派”“白山学派”延续而来的，还将继续发展，不断壮大、完善。

对于长白山诗派，近年来陆续有一些研究论文发表：

蒋力华：《研究长白山文化　弘扬长白山精神》，《社会科学战线》1994年第6期。

张福有：《诗吟长白二千年》，《学问》2001年第1期。

张福有：《长白山诗词探源》，《学问》2001年第6期。

张福有：《试论长白山诗词及其流派》，《学问·东北史地》2004年第11期。

张福有：《长白山文化述要》，《长白学刊》2007年第5期。

赵丽萍：《解读长白山文化的恢宏卷帙——关于〈百年苦旅〉话题》，2012年5月10日《吉林日报》；《韵补东荒》，吉林文史出版社，2018年3月出版。

李容艳：《长白山诗词流派的重要使命》，2012年8月16日《吉林日报》。

王景珍：《日益壮大的长白山诗词流派》，2012年9月13日《吉林日报》。

张英玉：《试谈〈纪辽东〉对长白山诗歌流派的传承意义》，2012年11月1日，《吉林省第七次长白山文化研讨会论文集》。

贾维姝：《从长白山诗词流派看长白山文化的包容性》，2012年11月1日，《吉林省第七次长白山文化研讨会论文集》。

赵凌坤：《长白山诗词流派对长白山文化的历史贡献》，2012年11月1日，《吉林省第七次长白山文化研讨会论文集》。

王丽珠：《长白山文化的核心价值》，2012年11月8日《吉林日报》。

沈鹏云：《长白山诗词：长白山文化的精粹》，2012年12月13日《吉林日报》。

张福有：《长白山诗词流派建设刍议》，《中华诗词》2014年第7期。

黄春华：《长白山诗词述论》，《社会科学战线》2015年第6期；《韵补东荒》，吉林文史出版社，2018年3月出版。

这套“长白山诗派丛书”，先由吉林省长白山文化研究会申请了“吉林省扶持优秀文艺作品专项资金”。这是贯彻落实《长白山文化建设规划纲要》和中共吉林省委长白山文化建设工作会议精神的一项实际措施。编辑出版“长白山诗派丛书”，旨在落实习近平新时代中国特色社会主义思想，加强长白山诗词流派建设，传承长白山文化，以诗词的形式弘扬长白山精神，巩固改革开放和文化建设的成果，增强文化自信，增强长白山文化与长白山诗词的生命力、影响力和感染力，以诗纪事，以诗化人，以诗证史，增加学术储备，提升国家和东北边疆软实力。

“长白山诗派丛书”的基本选题，主要围绕：史迹寻踪，关于写东北历史文化、历史事件、文物古迹、已故人物、英烈事迹等作品；情系山河，关于写东北山水、自然风光、冰雪雾凇等作品，酌收向海鹤、东北虎等自然物产作品；城乡焕彩，关于写东北城市建设、工商事业、新兴产业、农村建设、田园风光等作品；风土弥淳，关于东北风土民情、风俗习惯、民间文化等作品。包括松花石、梅花鹿等咏物作品，酌收日常生活、咏物作品；吟旅扬旌，关于长白山文化建设、关东诗阵、诗事活动、诗乡创建、诗友酬唱等作品。

“长白山诗派丛书”的体量，每本收录作品五百至一千五百首不等，视不同作者情况，可上下浮动。数量服从内容的质量。

在编排上，予以灵活处理，由作者自定。可以分类、分词牌等，也可以按时间顺序，亦可分类后仍以时间为序。丛书有总序、总跋，亦可有个序、后记。

在数量上和入选人员上，开始考虑按长白山天池、松花江、鸭绿江、图们江及牡丹江、浑江、东辽河、嫩江等为脉络，列出各水系的三百位诗人。每人一卷，计三百卷。这样做，诗派如流，形象直观。但因进度不一，难以操作。后来，协助时代文艺出版社向中共吉林省委宣传部申报了文化产业专项基金，2018年先出三十卷，以后视情况续出，争取出版一百卷。

编辑、出版“长白山诗派丛书”，前无古人，纯属开创先河。2018年3月15日，我们在吉林省政协同馨宾馆召开了在长会长（扩大）会议，决定正式启动“长白山诗派丛书”编辑工作，成立了编委会，仅在二十天中，就交齐第一批书稿。全部书稿，在6月底前交完，2019年出书。

2017年1月6日，习近平总书记在十八届中央纪委第七次全会上的重要讲话中指出，“依靠文化自信坚定理想信念”，“以文化自信支撑政治定力”。文化自信是文化定力和支撑力的基础。人生和社会，都不能以搞笑为支撑。宋人张耒写过：“支撑诽笑中，久乃化而靡。”至今读来，仍发人深省。文化支撑力是生命的灵魂。我国优秀的传统文化，培育和造就了历代知识分子自强不息的支撑力精神。唐诗中有牛僧孺的“地祇愁垫压，鳌足困支撑”诗句，宋词中有姚勉的“信天生英杰，正为国计；擎天著柱，要自支撑”的词句，元曲中有汪元亨的“梅出脱林逋，菊支撑陶令，鱼成就严陵”的曲句。这种支撑力精神，给我们以极大的鞭策。拙句中有“奥壤不咸名大东，支撑引领构时空”等。蒋力华君亦有“白发山中飘雪，崎岖健足支撑”的词句。时代虽不同，但这种崇尚自重自强、自力自撑的人文精神，是一脉相承的。诗意长白、诗梦长白、诗魂长白的支撑力精神，是一以贯之的。这是真正的洪荒之力！

长白山诗派所面对的，是长白山诗词的昨天、今天和明天。长白山诗派的昨天，应是刘建封所咏：“走过大荒三百里，居然此处有桃源。”长白山诗派的今天，许是拙斋所咏：“浪花不废难淘尽，始信东陲有奥文。”长白山诗派的明天，或是沈兆禔所咏：“莫谓鸡林少竹枝，才人塞上补新词。”

墨西哥人马里奥·谢赫楠有名言：“我们终于有机会面对神秘的过去，仿佛是进入梦一样的境界，一片需要我们去发掘、诠释、赞美和加以保护的活化石。”阿根廷女诗人阿方斯娜·斯托尔妮有名言：“我感到，陌生人，在你的存在里，我被延长。”叙利亚诗人阿多尼斯有名言：

“没有诗的未来是不值得期待的。”从这些来自域外的警言中，我们可获启迪。

今年是公元2018年。从今回溯两千年，是公元18年。《长白山诗词选》中第一位有确切作者名字的诗人是高句丽第二代王琉璃明王类利。他于公元18年辞世，至今正好两千年。类利所作《黄鸟歌》：“翩翩黄鸟，雌雄相依。念我之独，谁其与归。”完全是《诗经》风格的四言诗。这首诗，写于公元前17年，距今已二千零三十五年了。《黄鸟歌》能传下来，堪称奇迹！公元245年，亲征高句丽第十一代王东川王的三国魏将毌丘俭，班师后只写了两句诗《之辽东》：“忧责重山岳，谁能为我檐？”这里的“檐”，是“擔”即“担”。距今一千七百七十三年。收录本丛书的拙卷，约一千五百首诗词中，有四十六首含“忧责”一词，出现频率极高，不少诗友也都随我用过“忧责”一词。概因“忧责”一词被毌丘俭用过后，《后汉书》《晋书》等不时出现，这个古老的词汇并未消亡，表示“沉重的担子和责任”的“忧责”，已经成为长白山诗派中的一个标志性词汇，有其特殊意义。一千四百零六年前，隋炀帝作《纪辽东》，写道：“轻歌凯捷丸都水，归宴洛阳宫。”一千三百七十三年前，唐太宗李世民作《辽城望月》，写道：“驻跸俯丸都，停观妖氛灭。”丸都，是我的故乡。读着写故乡的古典诗词，怎能不动情？从今回溯一千二百五十六年前的公元762年，是诗仙李白辞世之年。李白的《高句丽》《送王孝廉觐省》，成为长白山诗词中的瑰宝。苏东坡的“人参”，陆游的“鸭绿江”，张元幹的“山拥鸡林，江澄鸭绿”，距今均在八九百年之间。从今回溯一千年，是公元1018年。当年，柳永三十八岁。他在《点绛唇·伤感》中写道：“辽鹤归来，故乡多少伤心地。”“辽鹤”，是长白山诗词中的著名典故。至今读来，倍感亲切。故乡情结，古今一也。陆游在诗中所写：“生计且支撑，小康何敢望？”如今，在习近平新时代中国特色社会主义思想指引下，全国全面决胜小康，胜利在即，我们怎能不心潮澎湃！

两千年啊，多么漫长！

两千年啊，又是多么短暂！

在类利、毌丘俭、隋炀帝、唐太宗、李白、柳永、苏东坡、陆游、张元幹、王寂、赵秉文、朱元璋、康熙、乾隆、吴兆骞、吴大澂等诸多先贤的眼里，我辈皆属陌生人。可是，对他们和他们的杰作，我们却并不陌生。所以，今天的诗词，有很多是留给我们的陌生人的。“一百卷前无处找，二千年后有人搜。”“忧责不期当世解，祸患为免后人罹。”对此，我坚信不疑。

文化自信，是一个国家和民族的“魂”与“根”。学诗、写诗，有助于把魂定稳、把根留住。昨天是神秘的。今天是需要很好把握的。明天是值得期待的。愿我们在不懈努力的拼搏奋斗中，使我们所创作的诗词如同长白山的山水林田、沙石草木一样，一起留给未来、留给陌生人。让我们共同期待吧！

“长白山诗派丛书”总序赘语

鸡林得韵纪春秋，底事山翁退不休。
一百卷前无处找，二千年后有人搜。
钻研词谱承杨广，细辨江声禀陆游。
诗境涵生长白梦，草根也为子孙留。

張福有

2018年5月17日于长春养根斋

目　录

卷三 绝句

卷四 词

卷一　古体诗

魅力珲春

塞上镶明珠，晶莹璀璨胜越吴。边城凝紫气，草木葳蕤入画图。谁把烟岚飘三国，婷婷袅袅不着力。我随流波巡海东，层层叠叠浪如织。森林惊梦晨光舞，争得九州第一缕。虎啸震长天，倾心鹤翩跹。痴情莫过红莲子，追随明月古今圆。渤海去潸然，公主最堪怜。醉扶霓裳曲，无处留云笺。风雨千年梦千年，龙虎石上刻云烟。故事已共花飘落，尚有余音隔世传。路漫漫兮求索，海茫茫兮变迁。长吉图境，号角吹响。中朝俄边，群英畅想。千帆一夜压旧痕，梨花万朵开新象。商贾临兮车如水，园林美兮竞相展旖旎。箫传音兮凤自来，串回香兮客无猜。但见乌金破土，温暖多少楼台。还原绿米天然，走遍京华悠哉。听雪林中愁尽除，逢溪月下人之初。世中宝地多如是，唯觉此间最宜居，可离纷扰做游鱼。莫让年华无端为名累，放下即能入清虚。

辉南龙湾行吟

七月龙湾景自新，一川秀色唤骚人。千里山川终未隔，关东诗苑起氤氲。未识清颜梦几回，今朝终得紧相偎。远眺峰峦翠叠翠，一山徘徊一山推。小楼参差几丛树，红墙掩映夕阳暮。酒旌摇过落花风，鸟声飘浮不相顾。佳肴美酒笑声迎，主人殷殷杯注情。天差彩虹观歌舞，不肯落下两三星。身披晨光和风走，多情绿枝分左右。龙岗深处有二乔，几度相思为君守。步履参差不成章，但随阴下饮清凉。浮世喧嚣抛脑后，留得心中几瓣香。光阴回转万年前，长白山系眠火山。一朝醒来爱喷发，洒下明珠释前缘。珠分七粒各不同，丰姿绰约影朦胧。三角湾下生纤巧，峰峦秀丽美无穷。轻舟犁雪浪初凝，灵心飞来却无凭。一株孤树临水望，可解鱼梦千千层？响水河边路百转，薄雾缠枝风柔软。十二桥间飘玉人，石落倩影流清浅。一帘幽瀑松接引，飞珠溅玉各成韵。为寻曾经访幽潭，金鳟摇摆随人问。壶口洒下缠绵雨，周边老苔皆无主。思绪缤纷梳仔细，化作清词填眉妩。大龙湾里淌雍容，四季欣然做随从。风起搅动水中天，不知何处觅云踪。曲桥栈道连草台，芦花岛上芦花开。不老真情苍波里，三生修得观音来。游罢龙湾频叹息，果有桃源藏塞北。如若陶公活到今，定悔昔年填平仄。我欲长住此山间，花草相扶水相环。奈何浮生不如意，却难偷得半日闲。多少心情唯付笔，谁知笔瘦难飘逸。平平仄仄仄平平，梦里吟声未出律。

江 源 行

江源风物启梦怀，迢遥但乘金风来。思想蛰伏沾晓色，秋心一捧待诗裁。相逢洗却征途苦，笑脸还凭金樽数。我欲约酒敬吟朋，未饮已醉神难主。踏月寻石访远村，小帐叠风梦一痕。幸有疏光引莲步，得识亿年冰玉魂。恋恋不肯轻转返，千姿更是堪养眼。有价骆驼无价情，莫恼今生隔山远。他乡夜洒一襟诗，掌上晨光唯自迷。记功碑里沉岁月，老井悠然写无题。相思不许枫颜老，点缀山阿情未了。守住光阴守住心，心中有爱天地小。干饭盆边灿五花，香落杯中方觉查。凝眸几度寻对接，已是咫尺却天涯。穿行画卷问谁我？飘飘仿佛闲云朵。寒武奥陶两界清，今声已被古声锁。关情最是属黑陶，身着玄衣舞妖娆。形态千般音质脆，龙山文化步步高。思绪纷繁未整理，松花石馆展瑰丽。满目琳琅俱称奇，亿年气息纹传递。奇石已令我惊容，更有砚台夺我瞳。挥毫得之如添翼，皇家垄断始有终。夕阳迟迟不肯去，照得陵园人无语。祭拜风前起悲情，飞花总为英灵舞。盘点收获入诗囊，笔中岁月古今长。虽因小痒误些些，却缘采风满纸香。

卷二　律诗

奉养根斋共缅杨靖宇[①]

春声乍起雪飞东，杯底时光已不同。
酹酒一樽怀靖宇，抗联八载建丰功。
萨其城照千年月，龙虎石迎三国风。
又得聆听今古事，情缘续在小诗中。

【注释】

①养根斋：本名张福有，吉林省诗词学会会长。

贺《耐寂轩诗存》书成兼寄轩主老师[①]

一曲吟歌入九宵，白云移步走诗桥。
风情只赖词诠释，浪漫全凭笔细描。
黑水波中流雅致，白山岭上筑高标。
频拈快乐金樽里，醉里红尘梦里箫。

【注释】

①轩主老师：本名翟志国，网名耐寂轩主，原吉林省诗词学会副会长，著有《耐寂轩诗存》。

南京大屠杀七十七周年祭

历史翻开痛九霄，心情沉重火燃烧。
故园遭劫余焦土，野径弥烟剩断桥。
总统府前风咽咽，汉中门外血昭昭。
亡魂不得安身处，频向东洋卷怒潮。

游松花湖

相偕诗意泛湖舟，渔港初逢一叶秋。
山叠烟岚迷我眼，水翻雪浪洗君愁。
清幽犁破惊鱼起，旖旎掬来含韵收。
大美浑成天眷恋，文心换取好淹留。

松花湖黄昏逢雨

天低树矮卷云稠，旷野风歌唱未休。
腕下诗情谁打乱？岸边花语我收留。
凌波不见夕阳影，回浪偏推向晚舟。
滚过惊雷心骤紧，雨声滴碎一湖秋。

松花湖晨起闲游

红染天边未语羞，晨曦缱绻落林周。
云山投影寻新梦，烟水凝波含晚秋。
几度啼声惊寂静，一枝霜露展轻柔。
沙中走过痕深浅，入眼风光倩笔收。

敦化参加金秋笔会

金秋有幸续文缘，泛起心舟拨梦弦。
巧笑佳人扶月醉，斟杯才子惹花怜。
天公洒泪吟声里，篝火煽情舞步前。
长白大风今唱响，雁鸣深处韵连篇。

参观珲春十一连连部

小楼独立傲长空，几净窗明四季中。
猎猎国旗飘肃穆，涓涓春水照朦胧。
光阴几度叠平整，责任经年贯始终。
任那花香边界老，军魂不倒展雄风。

三月观长白山瀑布

长白春迟冷正酣，晶莹雪色静心潭。
云山起伏情千朵，冰柱参差梦一帘。
溅玉风珠撩素水，惊枝光影束高簪。
此身恨不化晴日，掬捧纤纤那抹蓝。

珲春大东诗社年会

回望边城一片风，清词小令自由衷。
落花声里描山月，栖梦云边写雨鸿。
秀水灵心刻妩媚，寒冰素雪载朦胧。
今宵斟满真情意，携手诗林傲大东。

贺《延边礼赞》《珲春韵汇》研讨会兼谢众诗友

塞上秋浓最可怜，高朋相聚话诗缘。
三疆流韵涵张鼓，六秩真情唱海兰。
节节升兮风劲舞，声声唤处鸟翩跹。
今朝扶醉难留客，友爱相期回梦看。

夜读《珲春韵汇》感怀兼呈养根斋二首

一

谁道东陲无好句，随书一路赏华篇。
情牵诗路游三国，墨蘸花香舞九天。
那页硝烟方漫过，今宵愁绪已连绵。
位卑不敢忘忧责，海浪连江期共圆。

二

未成诗卷感千般，字字如山压瘦肩。
欲止欲行难自已，同甘同苦始欣然。
风中迷路垂柳暗，雨后彩虹和梦圆。
补白但求心坦荡，点评应有后人篇。

游敦化正觉寺二首

一

春风又渡柳中丝，古刹庄严凝绿痴。
宝殿依山分错落，梵音入耳解迷离。
香燃炉里沾灵性，人到佛前无隐私。
烦恼三千皆洗尽，冰魂有幸向禅思。

二

身陷烟尘性渐失，招来烦恼问何堪。
非台明镜几人悟？无树菩提一佛参。
众相芸芸多执着，恒沙默默远贪婪。
善缘广结消心业，浴火重生天地涵。

参加诗人走进通化县活动感赋五首

一

风烟一路裹流云，草色山光绿不分。
吟客鬓斑情未减，酒樽香散意难匀。
无心邀月月犹至，有爱续缘缘更亲。
放逐冰魂归乐土，总依平仄走红尘。

二

小城别后景依然，旖旎风光情贯穿。
池里嫣红开次第，山中碧绿起连绵。
闻香可识人如故，对酒方知梦已圆。
四海朋来无远近，诗心雀跃写年年。

三

烟村掩映起氤氲，花鸟悠然风浅熏。
心弃喧嚣归质朴，诗迎瑰丽写缤纷。
临溪自得游鱼乐，携韵追寻警世文。
一路尘埃情洗尽，主人把酒问殷勤。

四

岭上飞烟草木横，阳光洒落影无声。
山川锦绣催人醉，思绪纷繁被韵倾。
路向村前通笔直，花从篱下展轻盈。
新人未语先含笑，因有诗缘不陌生。

五

莫恼光阴如水去，浮生幸得醉吟诗。
江源一展风流韵，快大独填欢乐词。
画里妖娆谁写就，梦中璀璨我心期。
句分长短情融入，月洒清疏人忘机。

随养根斋考察凉水亭岩山城二首

一

山溪款款流清浅，香汗盈盈路不分。
树影参差生婉转，烟霞起伏锁氤氲。
经年故事随风去，千载沧桑和日熏。
石凿楔形堪证史，一朝兴盛但凭文。

二

峰下城池辨未真，一丛草木一丛新。
残垣寂寞风串起，枯井凄凉花问津。
踯躅窝边寻足迹，推敲石上测年轮。
兴衰已逐烟云去，惟有晨昏不计春。

图们游国门二首

一

穿行堤岸吮清凉，驻足国门思绪长。
镇守边关旗肃穆，传承友爱水悠扬。
桥连两岸风无界，山裸经年石有伤①。
多少曾经留记忆，翻开历史感沧桑。

【注释】

①对岸朝鲜的山上，少有大树，很多山岩长年裸露，据说是因当年被飞机轰炸而成。

二

长桥远眺接轻舟，异国风情一望收。
白屋稀疏烟了了，绿波纤细水柔柔。
汗流垄上浇欢乐，车过山前解静幽。
邻里经年不扰梦，相牵岁月走春秋。

贺大东诗社成立一周年兼贺大东论坛开版

一载光阴诗底轻，春花秋月剪娉婷。
江流风雅传三国，草色疏狂画满屏。
身外不关名与利，心中独守梦和星。
再挥椽笔烟岚起，韵海扶摇天地行。

雨中早市

斜斜细雨润秋凉，叫卖声声沿路长。
瓜果玲珑真世故，草花窈窕不沧桑。
长街闭合头攒动，小伞舒张人掩藏。
取舍难从双手满，归来已是袖添香。

抗洪诗组三首

一、哭泣的家园

恶浪咆哮掀巨滔，家园一夜受煎熬。
江河泛滥如魔鬼，房屋崩坍似草蒿。
卷水高丘皆没影，拔根老树尽哀号。
狰狞暴雨欺人弱，生命之轻如羽毛。

二、灾后家园

一片荒芜次第伸，家园何处觅真身。
淤泥遍布街心路，病毒横行夏草茵。
援手八方重建设，关情千里尽垂询。
朝阳冉冉红相助，大地明天景更新。

三、敬赠抗洪一线的人们

为保家园不顾身，餐风饮露忘晨昏。
人墙道道水无路，土石筐筐汗有痕。

满目残垣流泪雨，一腔大爱洒村屯。
已将生死置身外，可使苍天来断魂。

父亲节呈父

古稀享得天伦乐，多少曾经付笑中。
疲惫肩头扛命运，飘零岁月老心胸。
一生企盼因儿女，半世沧桑承雨风。
唯愿年年今日里，夕阳照遍满山红。

吴大澂像前有思

但凭巨石铸真身，独守边陲未了因。
放逐清愁堪入海，淹留长恨岂知春。
潸然一梦风声起，静默三疆帆影巡。
回首烟波随浪远，几多故事已沉沦。

参观珲春张鼓峰战地展览馆感作兼赠刘从志馆长

历史搬来一馆游，风烟覆盖后人眸。
昔年故事何曾去，今日忧伤不可丢。
蓬屋收藏家国梦，痴心堆放古今愁。
淡倚青山闲读月，掌上翻开春与秋。

张鼓峰战地展览馆观看诗词书法作品

一片清声入耳来，震惊当羡此中才。
线条起伏藏龙舞，音律高低随意裁。
怡性尚须逢砚墨，忘机未必到瑶台。
今朝蓬荜生辉处，正是真情花绽开。

珲春水流峰访古城不遇

夏花静美绕阶黄，蛱蝶翩跹越界长。
已御仙风云海软，愈关诗性酒心狂。
峰峦叠翠千回路，鸟语穿红百转香。
几度查寻终不得，一朝古迹可收藏？

珲春石头河古城遗址

萋萋芳草抱残垣，春色轮回又一园。
黑土翻来痕有迹，光阴隐去恨无言。
飘摇烟雨荻花老，逆转时空车马喧。
何日开疆能入海？欣迎古道梦还原。

珲春干沟子古城

黄昏洒落影轻移，多少繁华入梦痴。
墙掩高低沉旧事，草依深浅抱新枝。
古风不识当年陌，今曲难填昔日词。
谁忍河床终已改，三生流浪意迟迟。

重上珲春水流峰访古城

翌日重寻草径伸，凝眸已是绿成茵。
杜鹃寂寞开无主，山野空蒙聚有因。
踏进苍凉翻历史，追寻兴盛长精神。
一方后土属华夏，自古东陲与海邻。

梦　杏

曾经不得见真颜，遍种长思寄梦圆。
纤蕊摇香枝楚楚，孤心抱月意绵绵。
春深凋落风前事，天老封存槛外弦。
莫使相怜成永隔，灵犀约好共经年。

访　杏

梦绕年年看似真，何如枝下嗅香痕。
尘埃不舍风千里，思绪难平烟几村。
未近园林情已怯，拾来花语景重温。
无缘相守唯相望，再遇东君深闭门。

感谢养根斋主及众诗家对纪念图们江复航二十年的支持

谁领吟旌千里长？歌声起伏落边疆。
图们江上波翻卷，张鼓峰头梦出航。
商贾招来和韵醉，文心唤醒补诗荒。
小城一夜得春雨，化作蛟龙舞步狂。

步养根斋主韵贺“纪念恢复图们江通海航行二十周年诗词图片展”

过往硝烟藏史馆，夕阳无语下江峰。
山花摇曳追风信，海鸟低回听水淙。
怅望天边思杳杳，徘徊诗底恨重重。
千帆一梦今朝起，喜看东方舞巨龙。

秋游珲春北山

小径清幽浮落花，松枝沉影日晖斜。
风牵彩叶摇秋色，鸟入晴空接晚霞。
未近佛前先忘我，方行树下又闻鸦。
偷闲唯许诗心舞，平仄声中筑个家。

游珲春防川

春落三疆入画时，高台一上绿参差。
云扶海浪天边走，鸟戏江波风下移。
玉蕊含香香破界，愁心滴泪泪成诗。
双眸恋恋逡巡处，无语夕阳残照枝。

用养根斋主韵送别众诗友兼谢关东诗友

飞尘已落小桥东，从此边城共韵同。
别样疆场别样月，淡然心境淡然风。
人留记忆千般好，水映相思一片红。
莫道迢遥音隔远，约来诗意百花中。

图们江岸谒吴大澂像

江花日夜护忠魂，洒向人间道义真。
常藉丹青添气质，但凭龙虎长精神。
保疆不忘开荒土，治水何曾顾自身。
千载功名凭史鉴，边城守望日翻新。

珲春大东诗社成立感赋辘轳体五首

一

吟鞭一甩忘流年，情寄大东风雅篇。
小令参差沾雨露，长歌婉转聚诗缘。
梦痕洒落三疆土，心语敲开五指弦。
秀水家山纵意写，音符跳跃醉神仙。

二

投笔诗林已是仙，吟鞭一甩忘流年。
图们江水携芳韵，渤海城墙证史篇。
季节空灵还我梦，吟声长短度心缘。
丁香昨夜愁已了，摘朵纤云入锦弦。

三

边城风起奏歌弦，天籁声声引谪仙。
韵海初逢知解意，吟鞭一甩忘流年。

置身尘世轻名利，执手烟波绘锦篇。
明月斟杯时饮醉，相携不负此生缘。

四

自遇清音始结缘，尘心从此和高弦。
笔端演绎清江曲，梦里飘飞瑞鹤仙。
征雁又来苍玉鬓，吟鞭一甩忘流年。
青春老去回无力，幸有诗思落满篇。

五

高朋得见谱新篇，续写今生不了缘。
满座桃颜分月色，半池莲语和风弦。
穿行紫陌心封客，浪迹红尘自诩仙。
绮句烟霞为我用。吟鞭一甩忘流年。

春日感怀

晨光无赖正催人，睡眼朦胧看不真。
几朵牵牛开默默，一怀思绪乱纷纷。
风花入梦难寻梦，愁结逢春不是春。
唯把悲欢抛脑后，方将日子过均匀。

丁酉中秋与姐妹们约诗分得知字

点缀长空云几丝，一轮皎皎向人痴。
清辉铺软三疆梦，素影垂怜满院枝。
围坐庭前频煮酒，徘徊夜下好吟诗。
如花小饼圆依旧，扰乱心情知不知？

秋　日

晴空洗去昨时尘，露出冰颜蓝正匀。
长柳依依摇不舍，繁花默默老天真。
谁将岁月填鱼尾？我把欢情锁梦痕。
回望苇丛浮雁影，秋风何处不凉人？

腊月二十九看望娘亲

走过冬山年复年，天堂有梦隔尘烟。
悲伤不管人将老，过往正随风变迁。
几句心声催泪雨，满怀愁绪锁眉弯。
回眸老父频张望，晨辉剪影剩无言。

【题解】

爸爸老了，纵是想看看已走了十三年的妈妈，也走不过眼前的这片稻田。只能无奈地留在路边，不停眺望着山脚下妈妈的家。

戊戌血月

百五年前曾有约，再涂红面访人间。
徘徊塞北冰相拥，踯躅江南梅尽环。
昔日芳华封悄悄，今宵人影簇般般。
三星一线终如梦，写入小诗看等闲。

【题解】

2018年1月31日晚守着月亮不肯睡去，这次是一百五十年才出现一次的“血月+超级蓝月”，一直看到最后。

壹号庄园众姐妹戊戌迎春分得来字①

辞过旧年春入怀，桃花已在梦边开。
些些琐碎衔愁去，朵朵嫣然带雪来。
浅唱随心情未改，清欢入韵字相猜。
诗花别向夕阳鬓，莫让红颜老镜台。

【注释】

①丁酉年八月，应通化诗人胡玫之邀到通化县壹号庄园采风，共邀十二位女诗人，到场十人，活动结束后就有了“壹号庄园十二仙媛”的美称，相约写诗到老，不增不减。

小茶棚村有怀吴大澂

一片秋声落晚村，斜烟老树小柴门。
谁家犬吠在迎客？篱外花香不识君。

恍若连绵烽火起，依稀破碎故园分。
当年印迹今何在？龙虎皇华呈后人。

初冬夜下

恶风吼过梦凋零，吹皱心池睡意轻。
几尺红尘难看破，三千世界未参明。
欢娱总向愁中索，安静当从闹处征。
坐拥清灯思细细，糊涂一点是人生。

沉痛悼念张笑天先生步养根斋老师韵

初闻不敢信真然，泪煮心情恨煮天。
雁在长空折羽翼，笔从极乐续诗篇。
几多伤感填成曲，四面悲歌唱断弦。
是夜音容得永驻，家山只合梦含烟。

偶遇旧友邀酒[①]

再遇经年老鬓边，莫从褶皱问常欢。
微醺笑脸和灯醉，深入话题随夜残。
苦涩君能调进酒，是非我可兑成餐。
那些故事那些恨，化作浮云一样看。

【题解】

①在延边州里学习遇到一个曾经的朋友，晚上相约一起喝点，几年未见都老了，纵使坐在昏黄的灯下，也是皱纹丛生。

感　怀

往事无端浮眼前，打翻五味一时间。
那方山水还依旧，此际风花已等闲。
情愫消磨天渐老，青春过尽月初弯。
尘烟了了凭谁道，梦与平常总有关。

把好友生日忘记了

一声道歉送风前，念念已捎佟水边。
飘摇四季情难主，苍白半生心正悬。
虽有精神能取暖，却无烛火以驱寒。
几多无奈串成句，寄向天涯作小欢。

夜醒有记

欲近年关频有恙，折磨怎肯自消停。
时时疼痛连心累，阵阵烦愁伴夜生。

满树寒风难入梦，只身清影紧偎灯。
谁知疹子红如豆，可是今生未了情？

月亮出来了用梅子韵

雨霁云开送月光，千家有梦不成休。
参差楼宇伏光影，闪烁星辰度夜秋。
酒漱冰心诗意满，情敲韵脚和声稠。
今宵祈祷如人愿，一路清辉亮我眸。

贺聃生画室开业[①]

边城七月正流芳，梦引聃生筑画乡。
因有童心裁别致，纵无权势也疏狂。
穿行艺海龙飞舞，解读风花诗丈量。
任尔斑斓多诱惑，唯凭妙笔续春光。

【注释】

①聃生画室：珲春诗友何实开的画室。

贺《长白诗草》发行

多少风情一卷开，吟声鹊起入瑶台。
天真总为骚人有，纯净常凭工笔栽。

情洒素笺留墨迹，心逢雅句洗尘埃。
白头有意衔诗草，承载家山好梦来。

游宽甸长河岛

夕阳摇曳坠长河，风鸟低回我踏歌。
幽径浮香蝶引路，轻舟破水浪推波。
丁香愁绾三分紫，人面轻沾一抹酡。
小倚云亭先饮醉，诗情婉转借吟哦。

夜宿宽甸翠源山庄

独遗方外绿深匀，未饮新醅醉此身。
山月方移云破梦，板桥初上影除尘。
风牵鸟语飞幽谷，草拾花音宿晚春。
掬把心声来守望，今宵不减是天真。

汶川地震一周年祭二首

一

流转光阴又一年，几多旧事已阑珊。
心翻记忆犹扶痛，魂入仙乡怯问寒。

蜀水迢迢追旧梦，巴山杳杳换新峦。
哀思欲寄笔无力，遥向西南双泪弹。

二

今宵又见月初圆，华夏悲风镇日悬。
千里江山雨阵阵，几家父母泪团团。
云愁水恨黄泉老，草长莺飞紫陌残。
我欲招魂唯借笔，来生不许梦轻弹。

桃　花

边城何故景重新，昨夜春光已叩门。
秀瓣层层枝叠梦，幽香细细袖沾痕。
妖娆岂就凡人笔，高洁更承仙子魂。
欲走欲停云辗转，忽来忽去恨封存。

正月十六与珲春诗友雅聚逢雪辘轳体五首

一

烟花谢了雪花开，多少诗情今夜栽。
呼酒樽前随柳醉，叠羞灯下可人猜。
心潮翻浪疑金梦，笑语成堆砌玉台。
边地一朝传雅事，春风可是踏歌来。

二

谁为今宵采梦来，烟花谢了雪花开。
冰封云水逢春化，情满金樽待酒栽。
诗路随缘牵笔走，云层隐月费心猜。
高山得遇长流水，挽起阳光我筑台。

三

心香一缕醉兰台，谁引东方紫气来。
春语初闻冰语落，烟花谢了雪花开。
云笺总借情思写，风月还凭季节裁。
回首浮生催鬓色，尘封故事莫相猜。

四

也向樽前着意猜，谁怜孤梦到幽台。
满腔热血杯中淌，一片吟声袖底来。
春雨未行诗雨下，烟花谢了雪花开。
心期物外还真我，摘朵白云书案栽。

五

三疆沃土把诗栽，但惹春风枉自猜。
柳叶数枝沉绮梦，梅心一点寄瑶台。
今宵饮得刘伶醉，他日将从李白来。
万象人间知解意，烟花谢了雪花开。

人日感怀

轮回几道始成人，摇落红尘老此身。
但遣情愁浇垒块，更寻诗句度冬春。
一杯月影解心语，两袖花香清我神。
名利从来甘淡泊，酸甜犹是欠均匀。

步养根斋韵贺《长白山池南撷韵》刊印

瑞雪纷飞送旧年，一书绮句一书缘。
白山峭拔叠云梦，黑水苍茫滋玉笺。
史上奇葩君采撷，风中故事我收编。
天池似解游人意，莽荡深沉心自然。

缺了母亲的小年晚餐

流转光阴不肯停，樽前未老是亲情。
相扶俗世四兄妹，分享红尘一碗羹。
尽孝无言争负米，携诗听雨拒关名。
今宵但得合家乐，飞向黄泉莫隔声。

珲春防川行用养根斋韵

鸟宿黄昏唤夕阳，斜晖一抹染衣黄。
悲情江水枉凝泪，故土他人已植桑。
思绪但凭风剪乱，枯枝恁把影抻长。
愁浓更有界边草，及到深时心也凉。

贺通化八拙喜结诗缘

遥闻浪起聚新吟，借雪倾魂听玉琴。
八拙清歌飞鸭水，一帘幽梦种诗林。
采珠携露何堪妙，借景抒情无尽深。
净土心灵存大隐，云笺花月抵千金。

与珲春诗友雅聚二首

一

黄昏脉脉带深寒，灯火迷离点点悬。
白雪迎风香夜幕，红炉煮酒话诗缘。
今宵有梦凭人渡，他日无名莫自怜。
边地韵声谁拾起，灵山秀水育佳篇。

二

桃腮怯怯对寒风，一入诗林梦不同。
愁落怀中双鬓老，心期物外万般空。
年华盘点少收获，岁月徘徊记始终。
把酒忘机听雪语，我差醉眼看朦胧。

池南采风之旅纪行（八首选三）

一

长歌一路采风来，深浅秋花楚楚开。
山若含羞云解意，水如凝碧镜非台。
结缘常赖诗承载，造境还须师剪裁。
不觉斜阳沉鸟语，飞沙几粒正敲苔。

六

草色未匀香软台，大荒深处景如裁。
群峰无语抱寒水，季节严妆过冷苔。
放眼三江随意转，长歌一路采风来。
魂牵旖旎感秋爽，上得神山宝鉴开。

八

诗花已在白山开，回首依依别镜台。
纤叶迟迟牵手送，美人款款倩云裁。

梦回有诗梦斟句，秋过无声秋满苔。
他日情怀仍缱绻，长歌一路采风来。

贺神七升天实现太空行走平安返回（五首选二）

一

天门已向国人开，神七翩翩华夏来。
风送火龙长摆尾，夜分秋色墨盈台。
吴刚捧酒迟迟到，李白拈诗默默猜。
莫道苍穹遗世外，今朝一样品悠哉。

五

金风一路踏歌来，多少真情落楚台。
看我中华扶日上，随他欧美处心猜。
名垂青史千秋也，功盖神州万里哉。
从此太空无霸主，天门已向国人开。

秋　　思

携来惆怅立风头，断续虫声鸣过秋。
霜叶数枝摇浅恨，菊香一抹带轻愁。
人间花月总能抒，梦里荣华不可求。
收起天真归俗世，几多苦难照单收。

访　荷

睡眼蒙眬晓鬓松，飞车穿破锦霞风。
白云俯首江村上，青鸭摇身篱院中。
树树高低凭绿洗，山山远近被烟融。
无言正转千丝绪，一阵香飘小路东。

观　荷

雾掩花容看未真，草塘环水绿深匀。
红妆羞裹霞光老，翠叶乱分鱼梦珍。
浓淡相间生雅意，娉婷交错挽清纯。
淤泥不染玲珑质，独守冰魂共此身。

怜　荷

四野苍茫野水天，翩跹鸥鹭与云牵。
人声不至蛙鸣鼓，月影初行风掠田。
妆罢花容难自已，捧来幽梦可堪怜。
殷殷心事谁斟满，一季相思化淡烟。

问　荷

恋恋池边不肯行，香风熏过浅波生。
晨曦妆就因谁舞？夜色阑珊为底惊？
花季才来何踯躅？心思未了肯凋零？
都言解语须同类，你我无声却有声。

雨　荷

娇俏莲花总梦萦，不期今日雨长行。
凝眉深望愁生结，扶首低思心有情。
流落千条翻浪急，飘摇一朵恨风轻。
相怜无计空忧怨，唯恼天公不放晴。

丁酉仲秋次日抒怀用“今夜月明人尽望，不知秋思落谁家”韵十四首

一

自古冰轮真任性，圆圆此日到如今。
中秋半百已交错，昨夜一生难再寻。
回望来时多坎坷，相期前路少呻吟。
都知命运凭天定，天却偏偏违我心。

二

指间流走是光阴，再照镜台非昨夜。
扶鬓唯能兀自嘘，拈愁不许伊人罢。
浮生走过始方知，花事凋零才算谢。
无赖曾经未远离，眉头心上难推卸。

三

清灯影里黯伤神，怜我从来窗外月。
自古因情多误人，如今积怨催斑发。
已无资本美如花，剩有清高撑傲骨。
回首迷茫路卷尘，芳香总被雨淹没。

四

青春溜走老曾经，往事如烟付小筝。
回忆千般心有泪，飘零一世梦无声。
伤怀可借风牵引，含痛难凭诗减轻。
快意人生谁眷顾，沧桑日子到平明。

五

岁月年年在刷新，流光深处老天真。
油盐填满平常事，酱醋调成寂寞春。
只记当时行浪漫，谁知此际转沉沦。
欢娱过尽忧愁至，生活当欺无用人。

六

谁道相逢是首歌？相逢可把情磨尽。

燕飞微雨影参差，水抱流光风接引。
锁住心香安一隅，翻开童话了千恨。
如能避世过今生，清影孤灯自成韵。

七

活在凡尘如踏浪，随风摇摆沧波上。
船行水里不由人，浪到身前难转向。
委屈尚能和泪吞，欢情不肯因时忘。
饱尝寒暖冷冰心，我与忧伤相对望。

八

半生盘点无长物，历尽沧桑真委屈。
既恼情商低近零，也悲心性清涵骨。
难凭算计过寻常，总借善良来妥协。
浪迹经年屡屡伤，从今学会说声不。

九

秋风扫过梦支离，入骨伤痕唯自知。
强笑人前遮落落，凝愁字里写期期。
倚窗细数星几粒，隔夜倾听雨一枝。
莫道男儿多寡义，只因女子误情痴。

十

季节轮回又一周，落花残影再逢秋。
空中有雁度云梦，樽底无声消我愁。
斜倚床边心抱恙，飘零夜里梦低头。

襟怀不改思如旧，百感袭来终做因。

十一

月走春秋人做戏，舞台搭好容颜易。
一张面具假和真，半世光阴醒与醉。
青眼怎由凡俗生，圣贤常被仙家使。
糊涂但有糊涂经，无肺无心无乱思。

十二

人行何处能停泊？避到桃源无险恶。
微雨轻拈待月明，斜阳独倚听花落。
已提诗笔放心飞，又拨冰弦与梦约。
淡淡日子淡淡欢，灯芯剔尽读般若。

十三

对夜常思我是谁，寒蝉声里叹离披。
佛前合手发千问，书底凝神费几思。
生活目标难锁定，凡尘俗事总跟随。
因何慧根不相顾，只为情缘未了时。

十四

莫将苟且比生活，诗在远方情在家。
唱起欢歌儿巧笑，张开素手我牵花。
风如安静树安静，梦若有邪心有邪。
纵使辛酸铺满路，回看不过一杯茶。

山庄悠哉二首

一

绿到浓时不见春，无心最是水中云。
柳条垂首欣迎客。鸟语惊风乱扑裙。
彩蝶双飞山影捧，小桥独立草香熏。
一声犬吠惊人醒，归鸭悠然三两分。

二

无边春景已尘封，小径幽深寻落红。
山色融烟生缱绻，水光浮影泛空蒙。
花间人买金樽醉，风前谁理鬓云松。
新月窥人纱半面，蛙声爬过小桥东。

步养根斋韵纪念刘建封诞辰一百五十周年

百五十年谁补荒？刘公遗梦正流芳。
三江水路铺君愿，万里松涛叠韵岗。
再踏征程行苦旅，还凭心曲赋华章。
白头浪卷风千尺，独守沧浪日月长。

枫

又报轮回秋一声，青山渐变五花迎。
经霜检验还依旧，扶水飘摇却已轻。
拂过云心猜故事，捧来风语试琴筝。
年年未改红如火，燃起人间不老情。

夜　雨

雨声敲碎夜之窗，惊醒冰魂泪带凉。
倚梦可寻花烂漫，凭栏不见月疏狂。
情怀老去诗行瘦，霜鬓飞来心曲伤。
盘点秋前风有恨，今宵噎噎蘸潇湘①。

【注释】

①潇湘：指泪水。

乙未中秋

蝉声起伏唤迷离，扰乱秋心梦不支。
照水霓虹愁浅浅，添凉夜色影期期。
凭窗相看清辉软，对酒堪怜疏鬓衰。
一昔成环昔昔玦，缘来缘去也如斯。

珲春大荒沟谒十三烈士

心怀肃穆祭陵园，但见青松守旧年。
隐隐枪声传耳畔，殷殷笑语到风前。
大荒洒下青春血，热土封存正义篇。
幸有和平堪告慰，春花岁岁报安然。

贺养根斋六六生日

凭栏回首已经年，记忆封存红杏天。
椽笔挥时描锦绣，夕阳倚处品安然。
勘查今古行岭上，采撷风花镶梦边。
黑水白山逢六六，联手同题贺寿篇。

街　行

春来香起漫长街，一树凋零一树开。
柳眼初睁情易醉，云心半卷意难猜。
绕花蛱蝶翩翩舞，扑面熏风款款来。
美丽还需诗解读，欲题绮句愧无才。

甲午辞岁

天差雪色为迎新，素裹山川已出尘。
福到联前门接入，春临心底梦延伸。
品尝生活已三味，放纵诗情又一轮。
荣辱皆如云过眼，我欢由我不由人。

题汪清屏风山

天公挥巧手，裁石作屏风。
云起半山处，枝斜千仞中。
临溪听寂寞，和月拢空蒙。
闲极猜云意，悠悠各不同。

初　雪

秋老雪初盈，无风飘袅袅。
称臣有柳丝，接驾无花草。
浊气几分清，闲愁些许了。
再斟酒满杯，行乐知多少。

清　明

清明无雨事，天遣雪迎春。
云破哀哀雁，风寒寂寂身。
伤怀持久是，荒塚一时新。
当命归黄土，谁知空月轮！

游　园

若得闲中趣，荒山来赏秋①。
松苗初傍地，梨子半含羞。
红绿枝斜倚，白蓝天共收。
尘烟飞不到，心念一时休。

【注释】

①荒山：指珲春郊区，这里有同学家的果园，是个休闲的好去处。

夜宿壹号庄园

帘下夜垂垂，庄园迎我时。
烟花开璀璨，篝火照迷离。
得遇香酥雨，勾来缱绻诗。
隔窗听静谧，梦里笑扶眉。

花　趣

欲把闲情寄，殷勤来弄花。
晨曦拈缕缕，夜色蘸些些。
栽下玲珑梦，装成温暖家。
寻常添意趣，心向一枝斜。

闲　适

每遇双休日，欢情不用赊。
袖头沾草色，裤脚卷泥巴。
偶听虫私语，时闻鸟自夸。
夕阳归寂寞，陪我一丛花。

敦化闲题

江花随浪去，春浅草初青。
老柳发新意，长街埋旧情。
找寻心已累，回忆苦滋生。
莫问故人事，风摇一叶轻。

晨中闲题

沐得晨曦软，方知春在行。
心中添怅惘，花下看轻盈。
走过三千路，沧桑一季情。
流光难细数，昨夜梦无声。

天堂花开

寄向清明语，天堂还好么?
风轻云浅淡，田冷草消磨。
回梦曾千次，伤心添几多。
菊花知解意，替我守山阿。

【题解】

清明了，把自己养的菊花栽到坟前送给妈妈，捎去我的思念，也捎去我的祝福，愿天堂里的妈妈永远安好!

珲春龙山水库放风筝

苍波浮雁影，春在水中行。
远近山无色，卷舒云有情。
扶风摇弱弱，斜日舞轻轻。
唤醒童年梦，欢心不觉生。

早春山行

深山寒未去，绿水破春声。
石上苔迎客，枝前鸟忘情。
翻开云朵朵，捞起浪层层。
但看夕阳下，沧桑如梦轻。

家中橡皮树

犹记当年小，临窗三叶新。
无红来取悦，有绿可缤纷。
放下参天梦，修成脱俗身。
烟岚飘十载，陪我老天真。

家中杜鹃花

为报春来早，繁花压一枝。
娇娇红掩面，怯怯绿低眉。
相借义山语，生成望帝诗。
我因君缱绻，君为我依依。

断食有记

半百夕阳近，病魔随意行。
一张斑驳脸，几段不通经。
无奈学仙子，期能减病情。
空明转体内，心梦两澄清。

立　春

卷饼迎春到，轻柔昨夜风。
冻云依水醒，残雪抱梅红。
洗去愁千绪，迎来花一丛。
闲时多试笔，梦在笔端疯。

踏　雪

烟熏妆未成，但借红衣补。
小径裹晨香，寒枝栖鸟语。
车来尘不起，雪过风相互。
捡个好心情，人生凭我主。

家中香雪兰

移步出幽谷，蜗居安个家。
隔窗无雨事，匀面有朝霞。
人过香沾袖，夜回灯赏花。
惯听尘琐碎，解我意些些。

冬　　夜

窗月投寒影，听风敲五更。
倚灯偎暖暖，扶夜叹轻轻。
守得繁花谢，空余百味生。
谁人期永远，永远最无情，

情人节逢雪三首

一

谁约翩跹雪？妆成浪漫春。
寒天飘冷漠，软语送温存。
一夜暗香动，经年好梦真。
烟岚流过往，做个有情人。

二

素影扶遥下，连天织片春。
飞花如蝶舞，年味共香匀。
扑面盈盈梦，扶风怯怯身。
沾襟又挽鬓，偎做小情人。

三

长街香乍起，涌动一枝春。
朵朵玫私语，层层雪漫匀。
牵风行寂寞，合梦踏缤纷。
莫叹成孤影，有情花暖人。

上元夜有记

夜幕垂帘冷，冰灯剪影长。
烟花开次第，月色照平常。
邀酒难斟梦，逢春不掩伤。
独步心灵处，自做小文章。

答朋友之约：醉看庭前花

红颜凋落处，风月碎成沙。
回望满心涩，凝思双泪遮。
忧伤雨洗净，快乐我重赊。

拈韵谢君约：庭前醉看花。

【题解】

有朋友真是件幸福的事，因为心情不好，延吉朋友在微信约我：醉看庭前花，于是用诗答之。

三月的吊水湖[1]

一路走轻盈，清新如梦织。
林幽水浣云，岸曲心添色。
收起鸟啾啾，还原山默默。
雪泥埋草痕，误了春消息。

【注释】

①吊水湖：珲春境内的景区，山清水秀，景色优美。

山　行

山野空三月，寒枝羞未遮。
凝眸愁片片，破水浪些些。
来去流云软，飘摇疏草斜。
拈情抟素雪，织朵梦中花。

雨后晨心

夜雨湿晨烟，钻帘入梦前。
阳光洒一米，烦恼减三千。
云逐自由雁，诗书随意篇。
寒枝虽未绿，春已到心田。

晨起初雨

帘外谁私语？飘浮力不禁。
隔窗听细碎，拈韵和轻吟。
看罢灯红湿，相期春绿临。
晨中年味绕，初雨若初心。

闲　题

闲家无所事，携影向山游。
云掩千层意，花浮一水愁。
虽无风采梦，却有鸟鸣幽。
既沐春光里，缘何还自囚?

咏金达莱

昨夜春传信，连山紫雾飞。
出尘仙子立，入世女儿归。
未语先羞涩，分香后合围。
边陲来守梦，岁月总依依。

与德惠诗友夜饮大荒沟

为践诗间约，逢秋牵梦行。
晚霞铺缱绻，山月走轻盈。
风过不胜酒，蚊来已动情。
推杯忘所以，幽夜起蛙声。

纪念应闻①

曾作春之聚，回眸满是伤。
人生虽短暂，岁月自悠长。
海味扑酸鼻②，诗魂守故乡。
大东何所幸？山水入华章。

【注释】

①应闻：是因公去世的著名诗人姜英文的笔名，曾任珲春大东诗社名誉社长。

②姜英文遗孀整理出版的应闻手稿名《海味扑鼻》。

有感沈师赠墨“静”字①

秋深花落去，屋小正香宜。
宝墨养人眼，高怀动我词。
心行纷乱处，愁锁寂寥时。
有静能安梦，梦中人忘机。

【注释】

①沈师：吉林省诗词学会副会长沈鹏云老师。

秋山里的金达莱

塞上逢霜降，天寒草木心。
飘摇一点紫，惊扰满枝金。
影与荒原共，香同秋意斟。
不随春隐去，情别大山襟。

无　　题

秋风连夜雨，洒下冷无情。
瑟瑟吹花乱，飘飘摇叶轻。
隔窗听落漠，临镜叹凋零。
或可差清梦，梦回心有凭。

与诗友聚江城[1]

江城飘雨细，牵柳舞婆娑。
秋落花些许，风推浪几多。
扶天云涌动，拾韵我消磨。
又得相逢处，问声还好么？

【注释】

①江城：指吉林市。

吉林市官地南山遗址

登上南山顶，凝眸草色空。
心停苍白处，思落旧时中。
但见残垣土，不堪今日风。
繁华凋谢后，凭吊剩秋红。

参观吉林市龙潭区双瑞太空种子蔬菜

入目盈盈绿，参差扶日新。
轻轻风不到，淡淡月难匀。
改变寻常味，成全富贵身。
一番游历后，开启四时春。

晨起两手僵痛

晓色还沉睡，伊人已不安。
浅眠时辗转，轻痛偶盘桓。
人影沉灯际，手机横指端。
年来身有恙，减却素心欢。

同学招饮有记

冬心谁暖热？拥雪不知寒。
酒过情知味，笑来人尽欢。
青春连记忆，话语报平安。
莫恼年轮去，风光自可看。

大东诗友岁末相聚分得长字

大东风撷韵，四季梦悠长。
月下心依旧，天边雪泛香。
缘因诗聚散，性为酒疏狂。
过隙凭云去，清欢我丈量。

河中游泳

浓荫消酷暑，野水纳繁华。
踏浪迎风小，穿波牵日斜。
身轻不似我，笑浅却如花。
追逐鱼之乐，给心安个家。

头七寄轩主老师

西游人驾鹤，已了这生情。
身后诗无主，屏前泪有声。
何时能共饮？从此不同行。
牵梦访师去，冰儿是我名。

东丰县民俗村拾梦

依山建草屋，三五自成村。
借得今时景，还原昔日屯。
窗棂封故事，石磨碾晨昏。
闯入关东梦，分烟拾旧痕。

东丰与诗友闲逛偶得二首

一

夕阳初隐没，携手作闲游。
静默柳垂岸，悄然花带羞。
水波摇妩媚，云影弄温柔。
来去人高语，惊飞一只鸥。

二

长岸烟波去，穿桥人渐多。
音符弹激越，红袖舞婆娑。
梦在窗前走，情从心上过。
霓虹飘入水，恍若写诗歌。

东丰县龙头诗社

关东连韵起，唱和有龙头。
情寄千家鹿，诗摇一叶舟。
天心能采撷，花事可淹留。
多少斑斓处，听凭彩笔收。

题东丰县龙头湖诗画长廊

长廊涂彩绘，四季接尘烟。
画醉心灵处，诗镶云梦边。
梅兰芳共墨，今古韵齐肩。
欲写风流意，石墙争做笺。

东丰龙头湖望远

画卷徐徐展，龙头带韵临。
波中影叠翠，风下浪推金。
起伏一山静，参差万木深。
多情云潜入，借问水之心。

磐石鹿鸣山庄初行逢雨

远近山飘逸，娉婷入画集。
新枝开淡然，老树结青涩。
云去浪追寻，诗来风剪辑。
何时闻鹿鸣？微雨心潮湿。

去通榆采风

欣然行八月，已过杏花春。
横跨东西路，相期南北人。
云轻白尽洗，风软绿深匀。
泼墨天成画，难沾一缕尘。

通榆百鸟园观水

百鸟园中聚，悠然已忘乡。
风摇花曳曳，人过影长长。
对镜猜云意，凝波动酒肠。
掬来光一片，入水洗清凉。

听　水

素水垂帘下，云偎树影前。
流珠穿玉线，堆雪作花边。
波底风轻入，心中梦暗圆。
年光荏苒过，不许老红颜。

长白山美人松二首

一

神山扶玉影，圣水养真身。
千古枝斜倚，经年绿洒匀。
温柔风饮醉，绰约雪怡神。
若得容颜俏，松前问美人。

二

魂与大荒偎，轻轻梦一枝。
光阴已改变，故事却依稀。
静对花开落，闲听月满亏。
心香独抱守，四季不轮回。

参加延边州诗词学会年会

未见高朋久，相逢倍感亲。
隔帘香雪软，邀酒玉心真，
断续听诗话，迷离疑梦身。
酡颜合眼醉，弥漫一室春。

与里咏等诸师游防川[1]

与朋逢七月，约作画中行。
香漫三疆地，烟笼一水情。
登高愁入目，思古恨留声。
渺渺天边外，千帆破浪轻。

【注释】

①里咏：延边州委宣传部原常务副部长李德龙笔名。

野 杏 花

妆罢盈盈立，连山对晚春。
斜枝凭绿倚，掩面被红匀。
娇弱堪扶月，清奇不染尘。
晨昏听旷野，怜惜有何人？

夜校《珲春韵汇》

清风吹夜色，送我访诗灵。
叠韵连今古，牵情跨纬经。
方梳三国事，又摘一江星。
不觉更深处，刀峰谁忍听。

游延边国贸生态园得遇桂花

相逢可是梦？不敢信双眸。
静静枝相对，清清香漫流。
花黄开小巧，叶翠淌温柔。
若得吴刚在，当邀酒一酬。

游延边国贸生态园逢茉莉花

清纯尘不染，娇俏与香偎。
根植他方土，魂牵故地梅。
关情枝缱绻，抱梦影徘徊。
秋冷听归雁，乡愁种一枚。

珲春八景之湿地鹤舞

湿地留芳影，翩翩陌上轻。
动如春柳摆，静若夏花生。
独倚黄昏月，倾听季节声。
边城堪载梦，舞步最倾情。

珲春八景之圣水沙洲

圣水涵秋色，温柔一抹蓝。
金沙翻细浪，彩树接轻岚。
鱼醒云初动，花开影自恬。
往来飞燕子，至此忘江南。

珲春八景之鸟瞰三疆

登高凭远望，三国树相偎。
江水扶蓝去，春山载绿回。
小枝横界外，大海隐山隈。
漂泊湖中影，乡思种一枚。

珲春八景之世纪曙光

东方凝紫气，款款日轮生。
舒展层峦雾，聆听百鸟鸣。
阳光方普照，世纪便随行。
若向灵山拜，始将心愿成。

秋　痕

踏露寻秋趣，山光逐涧清。
云留千树影，风带百花馨。
欲织横斜梦，先收冷暖情。
因缘行处有，岁月一痕轻。

步轩主老师韵重阳赏菊

未列同般好，随诗入锦园。
晨曦封玉土，秋气沐冰盆。
舒卷流清秀，横斜就简繁。
闻香人已醉，哪得再邀樽。

游敦化清祖祠

一路金风爽，满园清气飞。
清祠依素水，宝鼎蘸斜晖。
仗剑开兴盛，留人评是非。
堂前雕栩栩，仍见帝王威。

敦化寒葱岭赏枫叶三首

一

秋风迷岭上，至此忘尘烟。
云秀心中事，溪弹槛外弦。
一山扶绿老，几树被红牵。
莫染情丝透，相思不得缘。

二

秋来挥彩笔，绘尽百花丛。
未舍玲珑绿，又描奔放红。
夕阳铺锦绣，山色倚朦胧。
放纵心飞去，烟云一梦空。

三

山前人自小，俯仰至空灵。
草木藏私语，峰峦照晚晴。
溪间云漫步，风底叶倾情。
寄语南飞雁，春回百媚生。

秋游珲春北山口占三首

一

晨曦惊梦醒，随性向山游。
金佛酣然卧，青烟飘逸流。
方听花呓语，又拾鸟鸣啾。
忘我入幽境，情融塞上秋。

二

石径人三两，阳光正紧随。
穿林漫举步，近草醉听诗。
放纵心飞舞，任由情透支。
梢头红粒小，肆意染相思。

三

树影筛斑驳，松蘑画小圆。
幽阶浮老叶，静水落晴天。
望远城流雾，登高山笼烟。
丹青谁写意，点缀燕翩然。

图们奇石馆观石

大千多变幻，皆被石收藏。
曾沐春秋雨，也披今古霜。

玲珑生百态，别致震三疆。
相对莫相语，灵犀心丈量。

夜访图们百年部落兼会诗友

入夜虫低语，灯开星串连。
枝前花影乱，檐下酒香牵。
老屋飘诗意，清辉筛晚烟。
百年翻一页，走笔写云笺。

与友游珲春沙丘公园

浅秋风驿动，绿濯一身轻。
环水树亲切，抱山云坦诚。
金沙蹚旧梦，素影照新情。
回首烟岚处，流光傍晚晴。

图们江公园远眺对岸

淑气初还北，风吹柳眼开。
舟凭绿水渡，山任紫云栽。
希望植新土，忧伤弃老苔。
隔江同挽手，一起梦将来。

图们江四季

一、春

坚冰初破水，鱼梦已翻新。
雨湿长波岸，风柔疏草春。
桃花忙出嫁，江柳急延伸。
更有枝头鸟，声声唤得匀。

二、夏

东山升旭日，江渡一层金。
草色含微露，花香沾满襟。
雾来天下降，雨锁叶沉吟。
酷暑偏知趣，不撩严夏心。

三、秋

长空排雁过，霜软抱清秋。
偶有花私语，却无香暗流。
一江凭蓝透，两岸被红收。
渔火生明灭，多情属月钩。

四、冬

三九浮云冻，凭栏看雪飞。
素描开画卷，彩绘待晨晖。
路软二行印，风轻一季衣。
冰封尘未染，岸隔梦相依。

边城初雪

寒气侵三国，清江入梦围。
风平枝影素，路软夜光微。
草木封思想，灵魂远是非。
尘埃初掩去，心傍雪花飞。

秋　夜

人静夜无声，卷帘心放行。
风欺枝软弱，云掩月轻盈。
触摸花前事，凋零雨后情。
幸能时遣梦，或可慰平生。

留宿松江河

小镇黄昏下，炊烟一望悬。
人情犹质朴，草木自天然。
杯约清凉月，心期绝妙联。
他年如有忆，当谢此时缘。

辉南三角龙湾行吟十首

一、题灵心亭

山深尘未到，依水养天真。
飞鸟衔幽梦，流波照素身。
往来星与月，舒卷夏和春。
莫向烟霞问，灵心不可匀。

二、三剑峰

双肩抗岁月，风雨亦同舟。
养性三山外，听波一水头。
翻开天地事，阅尽古今愁。
剑向云端立，相扶春与秋。

三、喜逢老师

七月入龙湾，逢师一水间。
清波浮笑语，陈酒蘸冰颜。
云去山头懒，雾来枝上闲。
笺边诗未尽，从此梦千般。

四、游同心岛

纤巧夺天公，含情碧水中。
交流应有月，解语却无红。
相惜岩间树，垂询浪上风。
年年今日里，莫忘此心同。

五、龙湾之夜歌舞晚会

天上星三两，窥人不觉羞。
绿茵生缱绻，红衣舞轻柔。
跌宕音符下，飘摇风雨头。
归来余味绕，怎个弄清愁。

六、夜饮

众饮何需月，风撩杯里波。
笑声和酒煮，心绪被情摩。
云角半沾墨，腮边尽染酡。
横斜枝下过，个个影婆娑。

七、夜遇彩虹

天边浮丽影，七彩画成圆。
雨霁方生色，云低欲笼烟。
不堪心寂寞，唯许梦缠绵。
龙湾情未了，可做此间仙。

八、吊床

相连凭板块，朝暮水山隈。
争得汉龙宠，修来松韵陪。
惯听花木老，不忍光阴催。
若是随床动，儿时梦又回。

九、游芦花岛漫游

曲径向幽寻，高低树挽金。

草浓藏雁影，风浅落花音。
浮毯春秋梦，游云今古心。
娉婷生白桦，未染一尘襟。

十、别龙湾

回首山遮面，无须泪湿襟。
清容浮我梦，妙语动诗林。
不敢随风忆，何堪对酒斟。
相逢虽两日，失落一时心。

珲春望海阁抒怀二首

一

高阁凝眸处，情怀难自禁。
花香时越界，江岸偶听禽。
风捧三疆梦，云猜一水心。
往来无别样，斜阳照古今。

二

故事虽凋谢，光阴却未停。
沉帆鱼织梦，临界鸟藏形。
草木犹亲切，风烟自乱零。
江声终不歇，说与后人听。

为长吉图高歌

塞北还淑气，雁来人字途。
柳花香暗坠，烟雨梦扶苏。
诗寄梅兰菊，情关长吉图。
边陲风月异，三国醉音符。

雨中游珲春龙山水库

向晚行湖岸，烟波举目齐。
山环浊浪涌，鱼跃野鸥啼。
绿草收牛语，紫花摇柳堤。
雨斜欺伞小，云黑恼天低。

公主岭诗乡采风掠影二首

一

绿毯凭天绣，连山浮朵云。
田畦裁别致，烟水剪氤氲。
风过苗齐语，车来尘各分。
芳心融画卷，无笔自成文。

二

草密风扶浅，荷锄三两归。
青撩双目远，粉聚一枝肥。
路直泥抛梦，丝斜柳湿衣。
黄昏流四野，诗欲破心飞。

游宽甸河口万亩桃园

谁言春已去？河口正红肥。
花海连天去，香风向水吹。
纤纤云举步，款款树摇枝。
更有无名草，含情频弄姿。

欲访万亩桃园兼谢浪主兄

关东多佳景，携朋最可看。
扶香邀绿蚁，倚月数青峦。
诗自情中走，梦由花下还。
若追春脚步，随我入桃园。

街　　行

风软黄昏浅，春深柳蘸烟。
丁香迟绾扣，桃蕾早含嫣。
婀娜裙超短，玲珑月近圆。
人随思绪走，诗句上云笺。

集安别友

五女弹珠泪①，春成一夜溪。
年华无豆蔻，诗路有灵犀。
执手豪江酒②，齐肩鸭水堤。
天涯身转后，许我写无题。

【注释】

①五女：指集安境内的五女峰。
②豪江：指集安豪江大酒店。

通榆百鸟园观水

百鸟园中聚，悠然已忘乡。
花摇风怯怯，桥抱影长长。
对镜猜云意，凝波动酒肠。
掬来光一片，入水洗清凉。

冰雪中的天池

丰姿多别样，含雪抱冰清。
俯首云无影，连天峰有情。
浪携波隐去，风带梦穿行。
入世如遗世，人间烟不生。

长白山晨曦

唤醒神山梦，温柔圣水身。
随林涂肆意，逢雪绽清纯。
童话方写就，心声已洒匀。
寒来由暑去，静默守氤氲。

长白岳桦

斜倚光阴路，聆听四季风。
繁华难自已，摇摆不由衷。
听月扶云走，连天合梦同。
虽无身挺立，却是傲霜中。

古榆前感怀

千年等一回，圆得那时梦。
相对不须言，相离何必痛。
缘来情释然，缘去风沉重。
身转已天涯，莫将心事种。

镜泊湖休闲三首

一

风尘犹掩面，人已到湖边。
斟上友情酒。续回文字缘。
山光波浅渡，水梦我频翻。
为把愁心锁，偷来一日闲。

二

风儿扶着我，携梦上摇床。
点点光穿树，丝丝鬓染香。
不知今夕是，已忘昨天长。
入景心迷醉，情多诗丈量。

三

水摇天亦动，堆雪浪犁沟。
照影山飘梦，纵情波敛愁。

昨天都放下，明日好追求。
簪个云花朵，心湖可泛舟。

进　京

霜落归寒雁，入京来采秋。
花间香未老，巷里梦难收。
翻阅长城事，聆听钟鼓楼。
风光不得笔，枉我做诗囚。

夜半闻雁

偎灯看信息，忽听雁长鸣。
洒向秋头冷，穿行夜下轻。
欲怜清影瘦，可恨暗云横。
望远生无助，含愁送一程。

乙未上元抒怀

入眼伤心白，平添一抹愁。
月圆年味淡，春浅雪声稠。
拈韵怜花事，听风登晚楼。
光阴太任性，好梦不淹留。

三八节有记

终日忙无助，逢闲独倚霞。
邀来几杯酒，簪上一枝花。
不管朱颜老，犹存心未邪。
轮回如有路，还做女儿家。

乙未迎春有寄

深坐理思绪，怅然随我行。
春弦虽拨响，曲调未调成。
起伏心间事，彷徨腕下情。
何堪羊款款，淹没马蹄声。

珲春防川祈福

迎新高阁上，呵气正凝霜。
灯火连三界，风声隔一江。
山寒浮紫气，雪素映红光。
放下烟尘事，求来福最长。

偶　　成

相问曾经好，曾经不可牵。
那年春月夜，今日镜花缘。
破碎心如旧，迷离梦入烟。
浮生无或许，快乐自晴天。

2013年诗社年会

吟朋今满座，心暖岁迎新。
一曲阳关雪，满堂花月人。
茶烟升袅袅，诗语诉真真。
若得来生梦，还当与韵亲。

卷三　绝句

三月，踏雪寻诗四首

一

寻诗方过小桥东，一片苍茫入眼中。
沾袖冷香挥不去，耳边吹尽过山风。

二

满山素裹若严冬，雪径横斜不老松。
三月笙歌谁唱响？一声鸟语入云峰。

三

行走空山看雪痴，江南烟雨正当时。
阶边草色犹贪梦，不肯醒来同赋诗。

四

闲游已把美收藏，一路风情诗丈量。
抛却喧嚣还静我，林荫深处倚斜阳。

冬上长白山拾句七首

一

连绵雪事掩尘来，老树参差黄正裁。
谁道严冬无好景？素花一朵傍天开。

二

心随路转对山弯，偷眼难窥景一斑。
林海苍茫不着色，云儿几朵荡悠闲。

三

入得大荒谁辨南，放由双眼看贪婪。
一天通透晴如洗，无色心情正染蓝。

四

又向荒原走一回，那年魂梦那年痴。
欲将美景收闲笔，却是无才难作诗。

五

穿行天路走云梯，画卷铺开与梦齐。
已被风光迷老眼，忘听飞鸟脚边啼。

六

凭栏一片雪无声，不见冰蓝踏浪行。
许是红尘心已累，群峰怀里梦轻轻。

七

漫倚蓝天放梦飞，张开五指接云辉。
一方美丽谁留住？唤起诗心合韵围。

蹚　雪

天高雪雾压春眉，鸟语轻扬河柳枝。
洗净心情猜雪意，一行脚印一行诗。

迎八一长岭口岸武警部队参观诗组五首

一、入军营

绿草茵茵香亦浓，官兵两列站如松。
垂丝长柳知迎客，稽首身前伴小风。

二、绿色长廊

长廊架上挂青藤，斜日一枝风正行。
希望由来追绿意，军营浪漫手裁成。

三、蔬菜大棚

四季如春捧绿来，大棚深处筑芳台。
汗穿泥土层层透，好梦但凭双手栽。

四、营房

步入长廊迎小风，尘埃未染看花红。
一床军被叠方正，有物却如无物空。

五、中俄交界处哨兵

手握钢枪梦不同，阳光裹汗站从容。

青春逝去凭谁记？猎猎红旗两国风。

梨园赏花

堆雪枝头肆意横，蓝天未改旧时晴。
春光一片诗收起，我与梨花偷段情。

通化壹号庄园蘑菇亭

青山静倚数年轮，过尽苍烟带雨痕。
送个凉凉消酷暑，蘑菇亭里梦封存。

延吉远眺城子山三首

一

雾霭沉沉看不真，曾经躲在云之后。
环山素水感沧桑，淌过千年声照旧。

二

白雾青山飘梦幻，轻轻拂过天之岸。
田苗浮水绿如纱，诱得丹青来点赞。

三

山城远眺感荒芜，隔着时空问有无。
千载回音多跑马，那时烟雨漫江湖。

经　幡

谁把斑斓挂满山？绿从深处响真言。
灵魂洗过凡心减，大道初行祈梦圆。

山中老苔

绿到春前贴地高，终生不得去凌霄。
淡然不与花争艳，独守云山听寂寥。

珲春溪谷三首

一、溪谷

木栈道中通曲幽，花音鸟语一溪收。
阳光慵懒穿枝叶，走过参差照浅秋。

二、古木

惯听风雨惯看烟，执守痴心对变迁。

弱小曾经成过往，而今已是可参天。

三、瀑布

独倚深山听自然，分珠溅玉影高悬。
那帘幽梦谁撩起，纵有沧桑不问年。

微 醺

灯影朦胧看未真，几番思绪不由人。
一杯落寂谁斟满，情在浓时已转身。

无题三首

一

深坐无端思不休，忽盈双泪湿清秋。
含心不敢来相问，怕织忧伤自作囚。

二

无言对镜怯花黄，多少怆然难丈量。
欲把心声寄永远，谁知永远有多长？

三

一路风霜一路新，年轮不改是纯真。
曾经盘点生无奈，总被多情误此身。

朋友生日五首

一

年年今日借诗行，平仄相依韵带情。
小字红笺捎快乐，相逢心已为缘倾。

二

烛光摇影敛眉低，梦里心声或可偎。
双手合成如意十，漫将祝福送千回。

三

烛光摇曳影深深，心绪飘飞不可寻。
许是浮生还有梦，相思一曲度初心。

四

流光转过已经年，记忆何曾封淡然。
青鬓如今频染色，初心不改是从前。

五

蒙眬醉眼看缤纷，雪影风声老此身。
若问人生何所幸？逢君可使梦无尘。

小　年

流水人生看不真，凋零莫问此中因。
听风浅唱原如是，送走忧伤又一轮。

和龙老岭行吟三首

一

软软晨光漫洒匀，连天寒气舞清新。
几间白屋如遗世，走过村前不见人。

二

雪抱千山留梦孤，寒烟默默被风扶。
凝眸不见繁华处，空对梨枝叹有无。

三

林木参天倚作邻，琼枝静默守清纯。
忽然连片苍烟起，恰似人生看不真。

哭轩主老师

初闻噩耗痛难禁，呆坐无言泪湿心。
十载诗缘弹指过，耳边飘满旧时音。

桃花哪儿去了

春风一夜梦封存，青果初成花断魂。
谁向枝前寻旧影？我从记忆觅香痕。

通榆拾翠四首

一、观风车

迎风伫立接云霞，笑傲长天舞月华。
叶下轰鸣疑万马，发分光热亮千家。

二、观草原

峰峦看惯景时新，草色连成一片茵。
思绪无端如止水，眼前唯有绿延伸。

三、观湿地

一域安然未染尘，风痕鹤影自成春。
凭谁慧眼观天下，水草相间看不真。

四、观农田

玉米昂扬承地气，高粱吐穗笑云霓。
凝眸无际痴痴望，时有飞禽引颈啼。

珲春八连城遗址

独守边陲春复秋，花开花谢总凝愁。
曾经故事藏基石，穿过光阴不肯休。

珲春三家子乡剪纸

人间万象尽收藏，巧手裁成梦一张。
花草含羞云踏浪，邻家小妹画梅妆。

图们风情五首

一、江边漫步

月落江心云不惊，婆娑树影入风轻。
国门屹立红旗展，两岸相传世世情。

二、二十四块石

静卧千年留史痕，烟霞起伏记纷纭。
为知渤海兴衰事，可向月晴查石纹。

三、游百年老宅

白墙青脊一囱烟，东与图江隔岸牵。
雨打霜欺年过百，仍存特色供流连。

四、农家乐

喧嚣城市累心身，一入农家还本真。
民俗游完尝小吃，再循溪水访鱼邻。

五、游江桥

桥下青枝伴野花，夕阳无语落黄沙。
白鸥掠过江亭影，一水流波姓两家。

正月十五看烟花拾句

枝上流云点点轻，人声浮动影双行。
今宵寂寞归何处，一簇烟花一簇情。

龙湾春情五首

一

浮冰流水两依依，偷眼青山已合围。
云梦悠然鱼扰乱，波前紫燕启心扉。

二

浅绿娇娇怯嫩寒，风神踯躅曲初弹。
一行雁字扶云过，唤醒山川仔细看。

三

小草轻轻腰懒伸，迷离已是景更新。
隔溪花语穿烟去，吩咐东君情洒匀。

四

柳吐千丝无限娇，花茵铺软杏妖娆。
小溪流转歌欢畅，不觉横穿十二桥。

五

桃杏含羞初嫁了，龙岗山里梦连篇。
东风最是无情甚，怎可怜香娶杜鹃。

车中遥望野杏花

山野浮香遥不闻，红团一簇梦纷纭。
诗情未解怜花意，唯向心头索旧文。

立 春 二 首

一

春风一路叩冬门，塞北江南留梦痕。
紫陌山川今唤醒，夕阳不肯落黄昏。

二

塞上冰封云带寒，柳条无语向风弹。
莫欺此处无春色，早有诗花簇一团。

诗　心

不惑如何耽醉吟，生前许是韵盈襟。
云烟放逐浮名远，玉作灵魂诗作心。

诗　情

莫道青春已过期，心随季节采迷离。
轮回纸上多情句，何处花开不捡诗。

诗　意

云笺走笔写空灵，扶雪牵梅梦不停。
诗意盈心呈五彩，风中岁月未凋零。

自　　题

诗韵浇开墨上梅，琴音花语两相偎，
红尘故事隔帘去，我主浮生梦一回。

通化玉皇山拾句四首

一

薄寒初透雪盈盈，小径迷离风语轻。
一上玉皇知笔瘦，含羞不敢问诗情。

二

鸟语参差怎个猜，梨花绮梦小枝怀。
向风长发争邀宠，心事无声落玉阶。

三

娉婷挽就忘烟尘，风带素心飘若云。
雪径飞香沾紫袖，山头霞抹锁氤氲。

四

望江亭下捧朝阳，水浣云衣未感凉。
岁月心头扶梦去，几多倩影已收藏。

江源干饭盆山行二首

一

朝阳一路紧相随，五色山光掩翠微。
云压峰头天似矮，人逢不惑梦方稀。

二

斑斓几度入秋诗，纵笔年年不解痴。
无语凝眸心向远，一枝枫叶挂相思。

江源干饭盆午餐

抱得悠然醉语迟，诗心秋影两相偎。
阳光岂是真君子，与我风前争此杯。

秋游珲春草帽山三首

一、过故乡

怯近家乡泪眼忙，恍然又倚旧时墙。
尘心尽染游人老，可识村童无一双。

二、龙泉

龙口涓涓喷细流，宛如仙子欲含羞。
甘甜一捧随人饮，四季从来梦不休。

三、无名湖夕照

夕阳铺水漫金波，柳影萍痕聚几多。
槛外红尘飞不到，逢人趁兴也吟哦。

公主岭游二龙湖四首

一

龙湖仲夏水婆娑，堤柳轻摇白鸟歌。
远眺苍茫目不接，风牵云影压清波。

二

记忆何堪岁月收，曾经形胜几淹留。
夕阳最解游人意，拾起烟波那抹愁。

三

轻舟破水渐无踪，独倚船弦两袖风。
一季清幽谁唤醒，笑声跌进浪花中。

四

隔岸茵茵凝绿烟，风摇芊草锁悠然。
诗花已在湖心种，待到秋来收入笺。

晨　溪

睡眼微睁便弄琴，白云俯首鸟亲临。
徘徊花岸疑非我，快乐参差铺满心。

野　花

浪迹深山尘未沾，情思些许问谁占。
相知唯有纤纤草，托起轻轻梦一帘。

郊　行

寻春不敢对空枝，柳未青丝草未萋。
新水含冰初破雪，一行雁字寄无题。

雁

但凭长唳赋新章，万里山川拍翅量。
留梦蒹葭听季节，一程烟雨一身霜。

春　雪

一夜山川翻梦新，轻纱遮面看难真。
枝枝素蕊迎风绽，约得寒冰钓早春。

立　春

雪绕冰缠柳未开，征鸿不到冷云台。
心中季节我能主，大片春光捧起来。

和龙亚东水库采风拾句三首

一

一路风尘为采诗，山川何故减芳菲?
长堤十里连天起，人若凭栏云落衣。

二

一水烟尘一水云，几声鸟语入波沉。
风光未有四时好，黄叶飞时秋转身。

三

水浣风沙细浪堆，山牵云影正低徊?
心情化作廉纤雨，打湿秋衣第几回。

秋回故乡

秋水涓涓细语长，风牵花草欲留香。
抛开尘念停诗梦，不钓游鱼钓夕阳。

长白山花楸

聆听鸟语伴花音，岁月风前落满襟。
莫道相思无此物，秋声一夜染红心。

寻春不遇

边地寒潮不解心，枯枝衰草弃花音。
凝眸不见云中雁，空把相思涂满襟。

第一场春雨

不计迢遥携梦归，串珠引玉入江闱。
山川一夜春心醒，喜看风前柳湿衣。

野外喜见大雁

风流四野动云根，故土斑斓销雁魂。
千里江南终未隔，一川草色落春痕。

冬钓三首

一

雪漫山川树染香，塘前呵手试轻霜。
梨花帐下观鱼舞，快乐飞来用篓装。

二

百鸟沉思风转轻，冻云俯首问寒冰。
夕阳唤醒河鱼梦，直把饵虫当救星。

三

拾把枯枝生野炊，清香带酒乱纷飞。
三杯老窖穿肠过，摇醉斜阳陪我归。

荷　　苞

为赏娇容来赶晨，烟霞一路染云身。
任由昨夜秋声老，只是含羞不见人。

雨　荷

苍云一怒为红颜，只恨朝朝被水看。
田叶摇珠情未了，相思起处泪难干。

风　荷

大片嫣红蔓水湄，冰姿未染月羞归。
摧花常有无情手，扫过幽池香乱飞。

摘樱桃

独向夕阳披暖风，穿行芳草绕枝丛。
轻拈珠粒犹低问，未染相思何故红？

通化壹号庄园行吟十四首选八

一

养性深山处，牵花傍水台。
风中飞燕子，引得美人来。

三

秀木参天意，亭台落雨痕。
青山与梦在，不负大荒魂。

六

天公开画卷，泼墨绿成茵。
若把心安放，逍遥可忘尘。

七

依山环小径，有木欲参天。
漫步怡人绿，逡巡鸟语边。

八

篝火邀山月，烟花开满天。
踏歌人忘我，做个俗中仙。

九

烟霭织成缕，人沾一袖风。
红尘如隔岸，退出五行中。

十

山中无暑意，出入绿相扶。
吸口清新气，冰心放玉壶。

十三

青山谁写意，惹得百花痴。
烟霭飘成缕，斜斜入小词。

壹号庄园林中小木屋

堆起圆圆木，相邀四季风。
清香能溢远，岁月有无中。

壹号庄园石山水瀑

石山垂水幕，若雨下廉纤。
珠玉谁敲碎，沧桑一梦添。

题通化振国药业药鼎

青荷环宝鼎，素水正铺金。
大肚装天下，遵从振国心。

通化壹号庄园游湖三首

一

湖水涵山色，苍烟看有无。
游鱼惊紫燕，摆尾画成弧。

二

山青浮水绿，云影动波心。
幽静船犁破，翻开浪带金。

三

凭舷来揽胜，风在耳边行。
看罢鱼飞跃，再闻苍鹭声。

七夕二首

一

架下闻私语，千年梦可期。
天河云卷浪，爱在进行时。

二

圆梦今宵处，情花落水湄。
秋凉人隔岸，对影写相思。

养生谷晨行

山雾飘成缕，冰心被绿围。
微风斜雨燕，放个梦儿飞。

立　夏

不觉春行去，幽香留一些。
捧来光暖暖，照我笑如花。

赏家中花

陋室无名树，寻常花一株。
嫣红扶抹绿，作幅小春图。

夜赏百合

灯下寒消散，近花香慰怀。
疑如身入梦，春自梦边来。

给老爸织脖套

引针穿旧事，岁月结成愁。
行到亲情处，缠成绕指柔。

陪女儿吃个晚餐

小屋隔寒去，粉灯如梦牵。
凝眸留一笑，当谢此生缘。

荒山苹果梨二首

一

荒山来植梦，清气养真身。
秋下生圆润，扶枝拜月轮。

二

绿裹白瓤脆，香甜味觉开。
当年尝此物，谁盼荔枝来。

下班途中逢雪

黄昏风浅送，催我快还家。
走过幽长路，相随几朵花。

踏雪二首

一

为得闲中趣，欣然放素心。
雪飞烟任性，树挂玉垂荫。

二

但作空灵觅，还从缱绻吟。
牵花行小径，一步一回音。

院里的樱桃红了

近树怜红小，相依粒粒痴。
荣枯曾几度，总是蘸相思。

帽儿山晨行五首

一

晨曦谁唤醒？随我入山阿。
翠鸟怜春去，噤声拖影过。

二

渐入深山处，凭栏数露珠。
木阶行曲曲，劳得绿相扶。

三

登高人远眺，雾锁一山新。
纵有繁华处，凝眸看不真。

四

独立思千绪，冰心飘若烟。
置身浓雾里，始觉最安全。

五

连天飘软雾，沾鬓湿人衣。
路掩迷离处，心追风在飞。

山行三首

一

静静迎朝暮，无言看变迁。
兴衰凭自我，已是绿千年。

二

雨洗空山绿，拾阶牵梦行。
纵心随路转，顿觉一身轻。

三

幽阶排石子，粒粒韵悠长。
枝叶低垂下，闲将风丈量。

江密峰梨园丑梨

生命原无意，何因丑自囚。
临风听晚唱，参悟一枝秋。

通化行吟十首

一

黄沙斜鸭步，柳影共柴扉。
水转青山去，心随绿意飞。

二

山岩扶老树，俯首弄清姿。
蹴水无情燕，空留一季痴。

三

笑声浮绮宴，人酒若相知。
情暖八方客，缘随一首诗。

四

凝眸双月影，醉里笑相迎。
远近闻蛙鼓，连敲欢乐声。

五

小巷多烧烤，高朋联袂行。
霓虹频闪烁，似与月儿争。

六

细细斟情满，风弹柳上音。
醉人不关酒，一切本由心。

七

长街楼掩翠，风起净无尘。
池里花犹俏，争邀七彩匀。

八

场上人攒动，灯清入夜围。
鼓敲声急促，但见彩衣飞。

九

临窗穿晓色，山浅雾飘流。
破水苗齐绿，可将希望收。

十

车行疑树倒，十里一望间。
水抱村清秀，云游鸟弄闲。

初到辉南龙湾二首

一

天低云雨乱，风满雾初升。
入眼叠峰翠，心浮第几层？

二

隔雾近黄昏，草新花带痕。
酒家相继有，莫问杏花村。

霞

纤云知弄巧，向晚试新晴。
捧起斑斓爱，燃烧一段情。

夕阳二首

一

酡颜浮巧笑，一抹醉云心。
独守西天梦，怡然对夜临。

二

转眼流光逝，青春可寄谁?
玲珑心浸血，不敢问相思。

晨　曦

迢遥行黑夜，风雨铸真身。
隔梦敲窗破，倾心为美人。

荡 秋 千

初日风吹爽，鸟声披一身。
童年梦荡起，从未减天真。

秋　枫

秋在山山老，唯余点点红。
迎霜添妩媚，传梦赖西风。

秋　雨

弹拨秋风下，声声落玉筝。
相思冬瘦尽，此季最多情。

秋　风

收集千山绿，携来一路霜。
陶公先莫恼，吹散菊花香。

秋　云

舒卷常随意，身依一抹蓝。
临风收雁语，心事落幽潭。

卷四　词

鹧鸪天·与大东诗友老龙口赏秋[1]

约上吟朋去赏秋，衣襟别满鸟鸣啾。烟波婉约撩君意，山色斑斓豁我眸。　　花不语，草含羞。相思一片倩红收。欢情已共诗情好，剪缕阳光渡韵舟。

【注释】

①老龙口：珲春境内一水库名，风景优美。

高阳台·重阳约诗友来家赏花

菊倚东篱，风敲北牖，重阳何必登高。小屋含春，闲凭花事相邀。高朋三五随心聚，再推杯、饮醉今宵。至微醺，琴自悠扬，花自妖娆。　　欢情不逐名和利，逐清风雅韵，小字蛮腰。心既安然，何妨纵意逍遥。冰颜虽与流光老，却依然、梦寄廊桥。过寻常，采缕烟霞，听段笙箫。

菩萨蛮·迎新

残枝剪去花修好，红灯挂起迎新早。锁上旧心情，与春邀晚晴。　　烟云皆了了，莫问花多少。拈韵写云闲，寄怀菩萨蛮。

临江仙·写个冰儿

十二仙媛排第九，光阴减尽娉婷。青丝一缕被霜凝，初心虽未改，旧梦已难横。　　欲采夕阳涂画卷，沧桑过后无情。唯从韵底找轻盈。愁多诗已累，梦浅泪难平。

天仙子·黄昏行

落日西沉云变幻，大野青青尘漫卷。江平沙岸走轻盈，芳草乱，炊烟软，几度笑声情蘸满。　　果树铺开如梦远，天上人间开画卷。桃红李绿正欺枝，初相见，频生叹，已是归来心恋恋。

临江仙·雁回

一夜风轻春漫舞，长天雁字初回。穿云蔽日展丰姿，朝霞衔入梦，烟水酿成诗。　　千里征程凭羽翼，年年只为今时。江南塞上两相期，荻花情未了，梅子亦痴痴。

蝶恋花·踏秋

为踏秋声携露走，花影依稀，最惹人怜瘦。红落枝头添木秀，苍茫素水连山皱。　　梦在左来情在右。盼顾风前，一朵云如绣。谁引诗心来邂逅？涟漪躲向阳光后。

瑶台聚八仙·八月十五北山赏月

秋夜初星，帘幕下、烟霭挽着轻轻。一襟蝉语，陪我走向空灵。石径深深深掩树，老枝缱绻小枝横。月无声，但穿万里，洒在山亭。　　扶栏倾听静谧，看玉轮冉冉，演绎曾经。亘古如斯，依旧不改娉婷。浮生总有百态，若圆缺难同心境生，虽无奈，且寄情当下，过后无凭。

临江仙·与姐妹们秋游

秋到山前催绿老，却环云水依依。荻花一夜又新姿，随风摇摆处，约我放心飞。　　笑语一堆惊旷野，几人捧起余晖。莫猜前世是谁谁。今生相与共，携手挽离披。

鹧鸪天·雨中拍翠鸟

几朵云花压树低，清凉捧起雨丝丝。风前传过私私语，水上飘来款款枝。　　波荡漾，影徘徊，一身浅翠绿谁衣？终将画卷涂完美，可做其中哪首诗？

一斛珠·果园休闲

绿枝斜舞，漫随果实低低去，心儿已被幽情渡。采满欢娱、忘却尘中路。　　几缕小风频盼顾，更撩长发轻轻语。一朵云花为谁伫？粉袖盈香、醉了诗之句。

满庭芳·同学聚会

再次相逢，容颜虽老，眉眼还似之初。举杯谈笑，凭笑解生疏。谁把青春唤醒？有多少，情愫难书。流光去，心前旧影，不向梦中无。　　当炉香软对，金樽错落，愁绪删除。渐酡红匀面，巧语如珠。秋在帘边踯躅，欲窥视、我等欢娱。经年后，天涯与共，相忆在江湖。

虞　美　人

光阴一把催人老，却也相知好。千帆过尽再回眸，不见旧时风景旧时愁。　　曾经只在无言处，已是随风去。莫差青鸟问多情，我正静然携梦向诗行。

浪　淘　沙

月落梦来迟，灯影寒欺。未撩心绪已依依。盘点花前皆过客，都付烟灰。　　纵醒却痴痴，舍我其谁。无言煮酒再烹诗，一键删除清过往，笑看盈亏。

虞美人·2016闲题二首

一

又将日历翻新页，回首空无物。光阴缠指绕成愁，盘点素心悲喜到无求。　　年故事都依旧，累得人消瘦。风中谁在问红颜？唤醒万千思绪已无端。

二

回看旧事迷茫了，总道初心好。虽然苍海不由身，仍向一方净土寄天真。　　悲欢只合随风去，心在清凉处。漫将苦涩制成羹，浇上淡咸与梦共关情。

青玉案·参观长白山萨满部落二首

一

林间漫入回原始，逐古木、参天势。连片荒芜淹雪际，山魂寂寞，烟痕憔悴，都道应如是。　　谁从萨满寻瑰丽？我向图腾问悲喜。一代王朝埋梦里，风前云朵，石中溪水，尽说当时事。

二

晨曦一片浓如织，带温暖，穿云出。睫上深寒霜染白，板桥素裹，冰溪清溢，不觉身为客。　　繁华落尽归沉寂，故事缤纷莫寻觅。借助幽思翻史册。蹄声长短，烽烟宽窄，已是千年隔。

蝶恋花·诗友在南国带来红豆

回梦千般终见了。粒粒匀红，粒粒玲珑小。春雨丛中生悄悄，秋前只共江南好。　　已化诗行魂不老，那抹相思，未逐年光杳。今卧西风听料峭，此情转入谁怀抱？

虞美人·立春后祭母

残冬不肯因时走，冷浸心依旧。一行雪印踏歪斜，燃起纸烟和泪洒荒冢。　　低眉软语传安好，一样容颜老。自从那日别娘亲，十二载来只剩梦中身。

蝶恋花·与诗友雅聚

春落枝头烟绿了，邀酒樽前，荡起千回笑。醉染苍颜情不老，韵间最是知音好。　　犹记那年花树绕，野杏丛中，拾得香幽渺。一把光阴添悄悄，这般欢乐逢多少？

水调歌头·长春游御花园

沐浴晓风软，走进满园春。花开千树，红影初染水氤氲。香在丛中漫递，绿在芽间清丽，劳我更凝神。分树漫寻觅，哪朵是前身？　　拂丝柳，移石径，叹缤纷。凭谁说老？莲步摇摆转青裙。丢掉凡心些许，拾起欢娱无限，埋葬旧时痕。随意转深处，做个画中人。

临江仙・五四青年节逢雨感怀

雨打春帘红湿，云撩山梦青遮。心回旧事感些些。那年人豆蔻，快乐不需赊。　　消得如今添皱，相偎岁月听笳。流光争渡女儿家。凭愁添鬓角，邀酒待梨花。

诉衷情・四十九岁生日二首

一

青梅小小叹飞花，回首日初斜。霜从鬓上轻拢，愧对女儿家。　　催梦笔，浣愁纱，锁心笳。掬来风雨，剪个春秋，画满朝霞。

二

丝丝小雨湿心眉，紫燕正低回。凭栏独倚惆怅，不觉入愁帷。　　风走过，影徘徊，梦无期。此身为客，此意难书，误了诗词！

满江红·参观烈士陵园有记

云卷忧伤，连三国、飘浮无助。风断续、微凉扑面，更添愁绪。曲水环山青肃穆，碑文沐雨金酸楚。细听松、幽咽也时时，声声苦。　　观名录，心如煮。思往事，情相与。叹硝烟弥漫，故园褴褛。血染旌旗红世代，魂归极乐耽乡土。对英魂、报上一声安，挥愁去。

蝶恋花·诗友请吃串

谁把馋虫勾起又？炉上沉香，串串香来诱。佐料调成痴守候，凝眸等待羊肉透。　　里嫩外黄香满口。几度邀杯，喝个相知酒。快乐只因诗邂逅，年年总是情依旧。

踏莎行·缝包包

画版裁皮，回针走线，闲情洒在红尘岸。为将清梦寄缤纷，方差素手缝柔曼。　　秋夜长长，灯光软软，有愁不再漂无限。修心若是在平常，平常可使心温暖。

踏莎行·游延吉海兰湖景区

雨霁新晴，水摇旧影，连绵一片浮清冷。青山曲岸两相依，几声鸟语随心听。　即挽苍茫，又耽寂静，丹青写罢同心咏。可怜多梦老才思，诗行敲遍无回应。

清平乐·图们城子山山城望远[1]

兴衰几度，寂寞归尘土。绿掩曾经风不语，渤海梦归何处？　欲回东夏难凭[2]，苍烟空自多情。历史从来无解，光阴走过轻轻。

【注释】

①图们城子山山城，由高句丽始建，渤海与东夏沿用。

②东夏（1217—1233）：即大真国复国后的国名，是13世纪时中国东北的一个地方政权。

清平乐·湿地黄花

为谁独舞？藏在春深处。幽谷泉边摇楚楚，摇得清风无主。　一丛黄绿相间，终生守望无言。待到香消归去，来年约个依然。

满庭芳·与初中同学秋游

约朵闲云，穿行晓色，驾车追逐秋声。荻花摇落，鸿雁又征程。暑往寒来卅载，看云鬓、斑驳丛生。莫回首，已将豆蔻，遗落在曾经。　　倾听，风乱起，青春走远，岁月无凭。把酒杯斟满，鱼尾摊平。拾起欢娱几许，让半百，走出轻盈。千山里，层林初染，红挽绿娉婷。

水调歌头·与诗友游马鞍山

五月与春约，携手马鞍山。急风撩起长发，纷乱一时间。派朵纤云接引，举簇鲜花陪衬，倾倒杜鹃前。绝壁影留俏，放梦欲飞天。　　绿铺就，粉点缀，尽斑斓。开壶老酒，莫让心绪起波澜。不说家兴国旺，不管云愁雨怅，尘世有悲欢。愿得刘伶醉，做个俗中仙。

高阳台·汪清屏风山下听诗友清莲弹筝

拂尽心尘，抛开俗念，屏风山下听筝。静女娟娟，临溪弹破秋声。拨弦急急如飞玉，落参差，与浪同鸣。曲悠悠，转过低沉，演绎空灵。　　阳光一米围红袖，看烟眉拢梦，素手传情。流水知音，相逢只做诗凭。云中翠鸟盘旋去，带清音，翻过崚嶒。浅秋中，我自无嗔，卿自空明。

高阳台·临溪学抚筝

小径红消，苍山翠减，微凉托起秋心。浅水盈盈，随波流走光阴。青苔老石相偎处，竟无端、闯进飞禽。坐溪边，疑入仙乡，漫执瑶琴。　　抚弦错挑宫商角，却悠闲自得，快乐频斟。此境难求，曾经梦里千寻。烟尘细数多无奈，为他人、搅动愁吟。再回眸，归作平常，只有如今。

瑶台聚八仙·初秋游汪清兰家峡谷

浅浅秋声，天高远，晨曦与我同行。路随山转，云雾漫卷轻盈。峡谷幽深峰乱起，野花彩蝶两相倾。水泠泠。欲弹旧曲，频弄新筝。　　清流滑过九叠，便浪飞溅玉，怪石争鸣。绿裹苔衣，穿过四季含情。纵然千载避世，却难阻、红尘烟火生。偏安处，看光阴渐远，梦落无声。

虞美人·年喜花[①]

沙河粉岸盈盈好[①]，报与东风早。连绵一片被天栽，或艳或娇无意惹尘埃。　　如烟往事难封闭，明月犹如是。繁华已逐水东流，唯把满枝心事付春秋。

【注释】

①年喜花：满族人称杜鹃花为年喜花。

①沙河：是敦化的一条河流，敦化是清王朝的发祥地。

虞美人·马鞍山赏金达莱[1]

春风昨夜吹来又。粉染寒山透。一枝小巧动人心，偎在树前静静听花音。　　边陲故事随烟去，浪打海天处。已将过往叹千般，思绪奈何仍是坠纷繁？

【注释】

①金达莱：延边人称杜鹃花为金达莱，在马鞍山上远眺，日本海海天一线，山脚下是被沙俄割走的土地。

虞美人·湿地黄花

独生幽谷红尘远，忘却春深浅。约来风月弄花黄，更有一湾云水照飞扬。　　芳姿虽未倾人倒，却也清清好。鬓边簪朵忘年轮，恍若有人殷切唤真真。

踏莎行·冰凌花

山寄幽情，冰涵夙愿，鹅黄一簇盈荒苑。敛眉低首弄娇娇，春心已是闻香软。　　月下依依，风中款款，斜阳倚尽时光远。轮回路上问曾经，芳菲不老春之岸。

蝶恋花八首

春前依旧冷，忽忆梦些些。拈曲不成调，堪怜蝶恋花。

一

秋月春华风十载，来去流光，度得情无解。渐老红颜身已怠，相思一缕斜阳外。　　江岸风轻云采采，种下痴痴，共与烟霞在。剪断浮生千百态，西窗孤倚听无奈。

二

修得三生来邂逅，隔岸情缘，夜夜成痴守。莫恼流年添浅皱，相思路上如花瘦。　　几度霜风容折旧，不改初心，合月偎红袖。但将余生牵梦走，烟光云水扶杨柳。

三

遍倚栏杆春未到，香雪深深，唯见梅花好。谁道烟云能了了？背灯总是人声杳。　　月色凉凉欺梦少，画个圆圆，可共山川老？欲借风儿捎浅笑，风儿不作天涯绕。

四

落寞人生多苦涩，欢短愁长，老了词间客。寄向风前情一尺，红尘岸上多无力。　　对酒当歌心打湿，雁字来时，依旧将愁织。已把曾经连仄仄，曾经唯恐成追忆。

五

一念成痴心已瘦，即便相逢，泪眼还依旧。执手灯前疑梦又，光阴躲在情之后。　　帘外浓寒扶冻柳，晓色朦胧，愁挽丁香扣。欲把清欢留久久，红笺小字常回首。

六

那朵烟花消散处，看我徘徊，伴着风独舞。望断层云春不语。张开泪眼魂难主。　　季节轮回情永住，走过三生，难忘来时路。剩有此心酸楚楚，阳光不与愁重组。

七

一曲阳关风远送，满目依依，总被伤怀笼。从此花香谁与共？清秋夜下灯孤捧。　　十里桃花香放纵，相见随缘，何必愁深种。分付新词填好梦，家山已是春萌动。

八

不觉十年扶梦路，走过斑斓，走过朝和暮。虽有灵犀来守护，却无月下听眉妩。　　许是相逢无觅处，盘点曾经，已让开心住。哪怕人生多凄苦，但凭回忆穿风雨。

诉衷情·鸭绿江边巧遇放排人

但将梦想扎成排，顺水放天涯。任它脚下翻滚，却稳稳、站江怀。　　山影动，浪花开，过云台。掬来清风，倚着斜辉，隔岸相猜。

诉衷情·参观白山苇沙河执勤点

晨光随我入军营，入眼菜青青。小楼花自红粉，差蝶舞，漫相迎。　　听现在，访曾经，感英名。戍边为国，合泪为家，总是关情。

临江仙·鸭绿江边随想

一片波光浮暖暖，江花荡起悠然。青山不见树参天，榛柴贴地，可是忆从前？　　战火曾经烧锦绣，英灵难扣乡关。痴痴隔岸望家园。那轮明月，何事自相圆？

菩萨蛮·江密峰游梨园三首

一

沧桑绿里寒山老，参差一片含霜草。有叶挂秋眉，宛如黄蝶飞。　　幽亭风寂寞，曲径枝交错。不觉过年年，江河多变迁。

二

繁华不似当年好，青青已逐皇家了。断梦续无声，西南望帝京。　　光阴难改变？故事当裁剪。归处变尘埃，留人空缅怀。

三

山风拥处秋行早，徘徊几度伤心了。梨子落谁家？空留枝在斜。　　林深人影动，韵窄冰心弄。平仄押悠扬，逢诗情也狂。

虞美人·牡丹江莲花湖边随想

波光夕照金风爽，兀自生随想。缘何不见小荷身？可是无端流落到红尘？　　繁华看尽功名了，都付烟云渺。人前恍惚梦如猜，我是谁之莲子为谁来？

一剪梅·水中情

一入深山气自清，绿洗心情，水浣风声。流波清浅漫相迎，闲了功名，忙了蜻蜓。　　静倚青岩入梦轻，梦过娉婷，梦过凋零。浪花为我拨琴筝，不带纷争，不带曾经。

一剪梅·老爸寿诞

多少沧桑一笑无，但见眉舒，不见心孤。儿孙膝下尽欢娱，放下江湖，安享桑榆。　　今日年年总若初，女自诗书，儿自情扶。孝心一片寄冰壶，人在征途，爱在茅庐。

一剪梅·醉酒

邀酒今宵醉不支，愁落山眉，泪湿心期。余香在手送阿谁？写个无题，换个新词。　　一抹酡红浅浅飞，眼际迷离，心际悲催。人生难解是痴痴，聚也依依，散也依依。

高阳台·谒红豆杉

在珲春大荒有棵两千三百年前的红豆杉，近几年都要和诗友们去看看，看它的沧桑，看它的坚强，也看它的风华。

根系深山，情偎大野，年轮植入风霜。相对无言，恍如走进沧桑。千年风雨千年月，伴兴衰、解读苍凉。看荒原，几度沉沦，几度飞扬。　　青衣未逐光阴老，阅人间冷暖，草色枯黄。岁月凋零，但将历史收藏。一枝伟岸通天际，让白云、敛去忧伤。沐晨昏，静品时光，守望边疆。

高阳台·图们江边玩儿沙

沐罢荷香，迎来雪浪，一江云影徘徊。隔水青山，站成他国相知。黄沙连片封人眼，更绵延、数里长堤。岸幽幽，枯树斜依，白鸟低回。　　谁人赤足童年路？让天真苏醒，梦想回归。堆个包包，便携快乐齐飞。清纯虽被尘烟染，却守心、不肯支离。雨丝丝，打湿花阴，滋润心期。

解语花·珲春孟岭村赏荷

红摇野水，绿剪微波，中有云飘软。素心柔婉。临风处、霜鬓但沾香浅。深塘影颤。争惹得、红尘迷乱。娇蕊斜，惊起蜻蜓，不肯飞花远。　　何故半遮粉面？若含羞轻诉，扶梦低转。生生无限。轮回里，醉了古人青眼。年光暗换。能几度、倾情相见？求夕阳、怜我痴痴，莫使烟光晚。

鹧鸪天·大东诗社敬信赏荷

花事连绵铺玉池，红柔绿软被香围。临风一朵羞还怯，照水千般娇不支。　　听野鹤，沐余晖，亿年心曲亿年痴。边陲自古吟声好，传到如今也赋诗。

浣溪沙·听《菩提梵唱》有感

苦海回眸是岸边，红尘一望尽无言。风花几朵化成烟。般若经中参宿命，菩提路上问情缘。心随天籁淌潸然。

满庭芳·北京游恭王府

又入京师，初游王府，古巷浮片秋声。榭台楼阁，红倚绿相迎。走进雕梁画栋，再把那、故事倾听。漫行处，花环草绕，奇石筑崚嶒。　　盈盈，风拂过，云扶老树，水泛幽情。叹繁华迷眼，过往无形。嘉乐堂前肃穆，但寻去、旧曲难凭。流年里，幽幽四合，烟雨没曾经。

行香子·关东诗阵十年

十载家园[1]，一世情缘。引词笔走向斑斓。轻拈花事，醉写云笺。唤文心醒，你心动，我心欢。　　相期永远，静守阑珊。用吟哦筑个桃源。素衣牵雪，曲水流烟。做梦中人，林中鸟，俗中仙。

【注释】

①一直把关东诗阵当成自己的精神家园，让喜怒哀乐有了出口。

满庭芳·深秋游大荒沟

入眼清秋，但随山转，路边枫叶摇红。树间疏落，花草谢桥东。水在喃喃诉说：多少事、已被尘封。云游过，轻灵素影，幽梦一帘中。　　牵风，行曲直，长廊质朴，太极圆融。看图腾遗世，赤柏凌空。纵使光阴老去，轮回里、满是葱茏。盘桓处，思潮如织，斜日近烟峰。

望海潮·建党九十三周年感赋

长城云涌，黄河浪卷，欢歌响彻神州。含辱百年，沧桑九秩，皆由历史签收。一样月如钩。看今朝欣喜，昨日忧愁。难忘曾经，几多鲜血洒春秋。　　嘉兴演绎风流，展旌旗猎猎，粪土王侯。甘露降临，乾坤扭转，人民站上城楼。江水永无休。引中华儿女，梦向全球。借得东风好力，破浪驶新舟。

瑶台聚八仙·与诗友赏秋

秋老霜前，邀诗友、随心采撷斑斓。泛黄田野，谁在拨弄风弦？几处篱边生菊小，荻花好梦已还原。意闲闲。恰逢五彩，姿态千般。　　山溪默默向远，载老苔旧事，落叶悲欢。岭上云轻，飞鸟点过苍烟。一株枫树向水，暗把那，清波红影牵。层林里，看斜阳穿隙，步履蹒跚。

玉甸凉·包拉温都野杏花

独守黄沙，怡情千古。伴春行，悄把些、心声重组。万亩齐开香四溢，花海不知深处。粉浪连天，青枝垂影，装点荒原朝暮。四海名传，蓦然间、墨客争相往顾。　　月下婆娑，雨边楚楚。浅风中，蕊儿摇，摇来蝶舞。一见倾心感绰约，竟惹冰魂难主。今日花残，明朝杏小，但把轮回守护。纵意烟霞，漫赢来，岁月诗情同煮。

玉甸凉·瞻榆古榆

历尽荣枯，望残烽火。默然中，把年轮、深深封锁。大漠春幽埋旧梦，剩有心花几朵？叶叶凋零，枝枝催发，未改轮回因果。塞上穿行，借劲风、塑个坚强自我。　　老干霜侵，新芽雨裹。恼狂沙，把葳蕤、无情卷过。倚着黄昏弹月曲，时遣流云相和。季节支离，草花残败，未减清姿婀娜。品遍苍凉，再回眸，已是红尘看破。

莺啼序·伤秋

云端几声鹤唳，洒凄凉满院。倚篱下，残菊飘摇，似催蜂蝶疏远。凭栏处、萧萧落叶，无端搅起思千遍。问秋行何处，一行雁字低唤。　　季节轮回，枯荣交替，共长天冷暖。那生死、便在其中，怎堪缘续缘断。握金樽，云愁雨恨。醉花事，粉香黄软。不觉中，过往沧桑，凋零心岸。　　三千白发，两袖红尘，走过烟霞晚。品五味，方知生活，贫富交织，苦乐萦缠，自行流转。曾怀清寂，犹牵落寞，彷徨紫陌人难主，为参禅，夜把青灯盏。　　浮华过尽，摊开两手虚无，独品肩头疲倦。光阴荏苒，故事穿梭，剩梦深痕浅。照菱镜，眉梢含怨。坠地嫣红，听雨枯荷，潸然洗面。唯将祭祀，收藏诗卷。秋音却得谁吩咐？入哀筝，浪迹相思畔。伤情这阕新词，欲写还休，欲休还叹。

喝火令·参加酒海溢香诗会感赋

酒海翻新韵，骚人饮大泉。似牵明月驾青鸾。风捧晚霞相送，心落彩云间。　　九友殷殷意，香飘十里田。几多情愫寄华篇。莫忘今宵，莫忘大泉源，莫忘秀山佳水，笑里看流年。

喝火令·图们喜逢养根、耐寂、清风、白衣诸师

素水迎春绿，高朋叙友情。酒樽斟满仄平声。帘外晚风摇过，红蕊颤枝轻。　　几载诗林路，师恩伴我行。忘机山水放浮名。腕下凝香，腕下许愁生。腕下捧来诗韵，梦寄玉壶冰。

满庭芳·与辰龙兄等珲春圈河口岸游中朝大桥

天洒微凉，柳垂新缕，夕阳裁剪春声。几多欢笑，随浪伴花行。自在冰心独舞，聆听着、风语多情。流连处，山姿妩媚，白屋绕青青。　　曾经，携手下，硝烟漫卷，爱恨飘零。换友谊长在，贸易中兴。漫步老桥忆远，多少事，去已无凭。车行过，纤尘不起，友爱续平明。

满庭芳·与辰龙兄等登龙虎阁望三国①

五月流香，随春行走，绿烟浓淡如诗。置身高阁，心与鸟齐

飞。一水江花漫卷，桥横断、小路期期。沙堆岸，树环白屋[2]，云过影徘徊。　　离披，纷入目，风欺草软，海没天低。看湖开平鉴，楼映斜晖。翻阅沧桑旧事，任惆怅、锁住心扉。光阴老，有心提笔，怎个写无题。

【注释】

①辰龙：通化诗友网名。

②白屋：图们江对岸朝鲜的房屋；湖与小楼在俄罗斯境内。在这里晴天时能看到日本海与天相接，呈一袭宽窄不一的蓝带。

纪辽东·访萨其城[1]

欲寻古道觅前踪，穿行坎坷中。一梦千年犹守候，断壁没深丛。　　曾经故事已成空，离魂寄大东。掬捧阳光回渤海，可许我心同？

【注释】

①萨其城：渤海城址，亦称沙齐城，位于珲春盆地东北部。

纪辽东·访裴优城[1]

莫道无情数变迁，月向古今圆。人家城里三山外，葱茏百木前。　　数遍年轮仔细看，东夏自斑斓。那时烟雨那时梦，心痕印石垣。

【注释】

①裴优城：位于吉林省珲春市三家子乡古城村北缘，是东夏国时期的一座重要城池。

纪辽东·防川行

黄昏一抹含清韵，峰烟看不真。绿遣心声随水去，赶海采缤纷。　　三疆厚土凭谁问，曾经共梦匀。魂魄流离非所愿，不许动乡根。

纪辽东·与养根斋等诸友饮于韩香园[1]

又得倾情谈畅想，今夜月含香。鸟飞三国穿枝乱，可惊骚客狂？　　酒肉穿肠风送爽，江水醉流觞。光阴莫要匆匆去，新词记此章。

【注释】

①韩香园：珲春防川的一个饭店，背靠俄罗斯，面对朝鲜，在此畅饮岂不乐乎！

疏影·桃花

枝头梦起，叠粉霞翠色，摇过清媚。秀蕊参差，蜂蝶依依，尽扫一川憔悴。依稀出浴华清处，举弱弱，迷人心志。入树围，衣鬓沾香，唤醒这般诗意。　　边塞悠然走过，惹春色踯躅，独抱清丽。镇日娇慵，别样风情，半合半开心事。千般景致重装点，再把那，东君斜倚。捧月光，许下相思，莫问世间生死。

瑶台聚八仙·与轩主老师等诸友饮于敦化

秋夜空明，看诸友，邀酒见证真情。举杯交错，诗赋总是随行。曲曲笙歌来助兴，霓虹闪烁再清瓶。舞盈盈。恍如幻境，谁管三更。　浓寒已带薄雨，借小风暗送，扫过街亭。背影婆娑，犹自买醉刘伶。但凭洋河火辣，又地北，天南聊倦灯。鼾声起，可是逢贞惠①？笑比云轻。

【注释】

①贞惠：渤海王大钦茂次女，其墓在敦化六顶山上。

齐天乐·游珲春森林山广场感怀

薄凉兀自钻衣袖，冰肌几回生皱。梦幻灯光，清幽石径，草木逍遥香后。风缠左右，有三五人闲，笑声穿透。曲醉清屏，任谁还管小花瘦。　流云正堆远岫，看迷离夜色，星月相顾。昔日田畦，今朝屋宇，最是园林如绣。宏图已构，更心系民生，转型铺就。便与安康，一天天守候。

齐天乐·与众诗友欢聚珲春

浅秋云絮堆高远，边城景生清婉。鹤舞芦花，江环柳岸，等待今朝相见。荷风送软。看迎友刀峰①，碧纱遮面。界草摇摇，可随骚客入吟畔？　浮生几回共挽？为诗缘喝彩，倾情相伴。把酒交心，言文解意，笑语堂前弥漫。欢歌却短，对离别车行，暗生忧怨。最恼峰峦，设层层障眼。

【注释】

①刀峰：即珲春境内的张鼓峰。

水龙吟·观通化县水幕喷泉

谁将夜色铺开？参差玉柱争天舞。彩灯变幻，音符跌宕，迷离心雨。水扭蛇腰，影沾山月，一帘幽处。看紫烟飘逸，翠纱曼妙，疑仙子，凌波渡。　又见群龙仰俯，踏清歌，造型无数。合圆垂首，迎方舒袖，嫣然有序。屏息凝神，惊奇骤现，人浮远浦。渐云移曲散，收回不舍，挽轻风去。

行香子·读《俯仰集》①

清韵泠泠，铁骨铮铮。伴吟哦忘却浮名。流连山水，俯仰人生。任笔儿挥，韵儿转，梦儿行。　峰巅傲立，云际倾听。采烟岚调试琴筝。忧怜天下，墨泼心声。借梅花语，兰花意，雪花情。

【注释】

①《俯仰集》：吉林省诗词学会吴文昌副会长所著诗词集。

金缕曲·再读聂德祥兄《虎啸集》①

华卷和灯捧。夜阑珊、再闻虎啸，又疑来凤。但见游龙翻转处，演绎无边灵动。随绮句、云依烟弄。山水妖娆含情写，把文心、吩咐冰弦拢。期物外，与诗共。　　乡思每向眉间涌。借清词、家山访遍，友谊频种。逝水光阴深染鬓，却未改书生梦。曾拭剑、香笺放纵。未负今朝当笑傲，领吟旌、谱曲关东颂。渐忘我，月相拥。

【注释】

①《虎啸集》：吉林省诗词学会聂德祥副会长所著诗词集。

一剪梅引·迟贺东辽河诗社成立兼寄高丰清、温瑞二师

迎春桃蕊香初破，辽水吟旌树起来。声入瑶台，情筑高台。谁许心花带梦栽？嫣红姹紫自由裁，风过相猜，云近堪猜。　　关东一夜堆平仄，贺语缤纷各逞才，醉倒山怀，解意江怀。长白巍峨流派开，辽东一曲证词牌，携手诗涯，洒韵天涯。

一剪梅引·吴大澂龙虎石刻原址有思

昔时故事已沉边，朝夕披霞冷水泉。恨落江天，梦洒春前。执着相牵一水间，变迁未改守峰峦。记录烽烟，感动云笺。　　但凭土字慰先贤，镇守家园不计年。望海生怜，邀月听弦。龙虎精神犹未残，千帆竞起续今缘，老去情牵，未改心连。

雨霖铃·图们江畔喜逢第一场春雨

丝丝飘软，对江私语，入水柔曼。心音断续难主，随风散去，峰峦低叹。大地生机一片，正拈红相盼。看陌上、桃蕊含羞，草色殷勤绿清浅。　　连天漫舞初行晚，御烟云，脉脉情流转。轻敲白屋檐下①，听犬吠，渐行零乱。伫立桥中，贪把怡人美景观看，不自觉、诗意横生，但有香盈腕。

【注释】

①白屋：指江对岸朝鲜人居住的房屋，墙是白色的。

金缕曲·图们江漂流

仲夏花私语。软风中、轻舟一叶，沉浮谁主？怯怯心悬烟水上，可有鱼龙守护？正思转，迎声鸥鹭。未绝清音身越界，再寻时，已是他乡去。田滴翠，柳低户。　凝眸浪锁疑无路。桨横斜，飞流湍急，乱丝沾雨。绿岸渐平波渐稳，峭壁轻遮淡雾。误漂入，江南幽处。短棹偷闲云惬意，直教人，不觉吟诗赋。风驻足，索新句。

陌上花·图们江畔金达莱

娇娇怯怯，迎来春后、半山飘紫。蕊颤枝头，道是欲嗔还喜。幽香暗起烟岚下，惹得东风沉醉。看云投倒影，江花流彩，几多瑰丽。　　与荒原守候，星辰私语，独把斜阳轻倚。月下空灵，悄展一襟心事。谁言季节无情甚，犹有轮回堪寄。待明朝，陌上初浮青草，再还清媚。

锦缠道·秋游图们日光山

雁阵南归，山色五花初绣。入层林，晓光微透，参差树影争相候。鸟唤清幽，香剪行人袖。　　看奇峰拂云，浅波生皱。小舟摇，渐行如豆。异国风、吹过江波，隔岸轻摇柳，白屋炊烟后。

画堂春·图们江三首

一

神山亘古育冰魂，天池浇灌清纯。轻摇花浪伴氤氲，一路缤纷。　　缓急相间走过，高低错落翻新。这方沃土总青春，醉了晨昏。

二

生来唯有踏歌行，流云点缀娉婷。欲经深谷展轻盈，又恐崚嶒。　　拾起邻枝鸟语，封存隔岸花声。此生莫道不多情，浪卷千层。

三

一生寂寞有谁知？夕阳晓月相偎。可怜无处问轮回，辜负花期。　　草色层层叠起，光阴日日追随。一朝海水洗迷离，梦自飘飞。

减字木兰花·再游珲春草帽山

浓荫封径，黄蝶粉花争弄影。脚下飞禽，惊起难留越界心。　　潸然向远，海雾峰峦酸老眼。望尽山涯，似有孤魂正唤家。

满庭芳·参加“纪念图们江复航二十周年诗词图片展”开幕式感赋

绿色参差，流云浅淡，碧水铺满朝阳。远山如绣，客袖落馨香。风送彩旗猎猎，国歌起，肃穆三邦。随图片、追寻过去，文字写沧桑。　　忧伤，观历史，千帆竞举，一棹徜徉。叹梦沉东海，恨洒边疆。再向潮头屹立，廿年路，回首悠长。龙腾跃，家山浪涌，戮力铸辉煌。

蝶恋花·游珲春雪岱山

一入深山千百转。款款清风，拾起花音软。又上高台心向远，峰前几朵浮云懒。　　季节无声年暗换。多少青春，谱写军之恋。人鸟相依听月散，真情洒满兰馨岸。

诉衷情·重游珲春吊水壶

徐徐画卷展风流，何处觅轻柔。平添一抹愁绪，已化作、此中囚。　　曾入梦，也含羞，却难留。水环云影，草抱香魂，兀自悠悠。

阑干万里心·纪念公木先生诞辰一百周年

关东厚土起吟声，细数丰功浩月明。彩笔军歌梦一生。问幽冥，识得家山第几星？

玉旬凉·五月游草庐①

春意阑珊，春心渐瘦。慢寻来，小院幽幽新绿透。一抹嫣然浮画外，可是添香红袖？梦里徜徉，诗间寻觅，几度无言痴守。得见清颜，醉依依，千里烟尘未负。　　石径斜阳，草庐垂柳。倚秋千，浪漫今朝君织就。影落枝前封沃土，欲待来年收复。思绪茫茫，心儿懒懒，谁捧愁来风又？曲散人还，纵迷离，唯许相思酒后。

【注释】

①草庐：指吉林省诗词学会副会长张文学的乡村别墅。

纪辽东·悲玉树四首

一

春风吹处响悲歌，奈何华夏多？欲向苍天寻个理，谁肯渡山阿。　九州泪眼舞婆娑，伤心流一河。逝者灵魂堪告慰，举国救沉疴。

二

祸起无端天地悲，骨肉被支离。山川一夜皆无色，游魂唤未归。　断壁残垣接瓦灰，家影渐依稀。今生已作阴阳隔，梦来不许回。

三

烛光摇曳八方起，连绵祈福声。多少双眸凝玉树，救助未曾停。　身披星月废墟里，莫言生命轻。援手灾区施大爱，还我一山青。

四

深坐屏前空有泪，无力解潸然。强差弱笔随平仄，哀思落雨弦。　借得金樽消垒块，忘却此间寒。一池春色随波绿，丰腴沧海田。

浪淘沙·珲春防川哨所远眺

残雪正经春，寒透人身。登高无语数年轮。故土他乡谁放逐，思也纷纭。　　瘦水抱冰魂，恨洒晨昏。一双鸥鹭界边巡。怅望峰峦遮泪眼，海起氤氲。

浪淘沙·中俄边界土字牌

风雨字痕残，望断流年。功成隐去看云闲。多少曾经编史话，爱洒边关。　　遗憾贯长川，梦里潸然，水中有月月空圆。从此心花开故土，不肯归还。

浪淘沙·中俄423号界碑

寂寞始无终，又遇春风。约来四季看朦胧。柳媚花娇听雪语，赏尽秋枫。　　总与鸟声同，守护苍穹，几经风雨也从容。重任一肩看寸土，岁月匆匆。

暗香·咏珲春大米①

香飘三国，让绿茵尽舞，金帘如织。疑是明珠，移步瑶池为新客。日月精华汲取，餐净水，盈盈冰质。与季节，执手边陲，和梦守阡陌。　　希冀，不曾隔，更走俏关东，盛名南北。几多心迹，唯在红旗岸边觅[2]。岁月蹒跚而去，未改变，生来高格。再向远，行世界，暗香飘逸。

【注释】

①红旗，指珲春境内最大的河流红旗河。

②珲春市独特的气候条件、丰富纯净的水资源、富饶肥沃的土地，悠久的种稻历史、标准化和现代种稻技术，孕育出独具特色的珲春高硒大米，是东北乃至全国大米中的精品。

水调歌头·贺图们诗词学会成立兼寄侯振和会长

大吕已敲响，迎雪树吟旌。翩翩图水，从此带韵向东行。剪朵云花入卷，挽片烟霞拍岸,字里舞轻盈。一路载诗走，何处不关情？　　倚岁月，展彩笔，筑新声。潮头弄浪，心语吩咐夕阳听。我欲倾词相贺，盘点囊中羞涩，好句恼无凭。唯有牵明月，隔岸赏娉婷。

洞仙歌·毕业二十年后同学聚会

鬓沉岁月，却情怀依旧。笑洒幽阶倩风守。冻云分，一树梦戴梨花，回首处，已是青春辜负。　　叹浮生苦短，渐染烟尘，怎忍清容共花瘦。幸得约金樽，莫问沧桑，心舒展，舞酣灯后。再执手他年几何时，趁月满今宵，让红匀透。

浪淘沙·应邀参加延边州诗词学会2009年度（敦化）笔会感赋

雪语满霜天，诗意斑斓。古城梦醒舞翩然。宋韵唐风今唱起，誉满家山。　　杯酒诉心言，情溢冰弦。烟岚晓月续新缘。总把氤氲收腕下，借笔还原。

醉花阴·参加《公主岭风韵》首发式感作

岭市霜浓秋去了，收获知多少。阅尽掌中书，一纸琉璃，竟得兰馨妙。　　文心不与光阴老，敢与花争俏。莫道古声消，万众齐吟，共颂山河好。

菩萨蛮·江源赏红叶

相思已种秋风里，迢遥一梦因君起。怯怯近山阿，采来情几多。　　无言来守望，有词填惆怅。红落去依依，谁人能解痴。

沁园春·贺关东诗阵成立五周年

物语金秋，赏罢清莲，再品菊香。让吟声跌宕，织成经纬；情丝摇曳，采撷风霜。五载年华，八方骚客，黑水白山写锦章。关东醉，正松斜一水，韵叩三邦。　　生辰喜着新妆，又赢得、诗坛共举觞。看长歌骤起，烟霞漫舞；轻舟直上，词藻飞扬。笔未倾情，思难尽述，绮句收来一纸藏。从今后，我心期平仄，意挽疏狂。

金缕曲·秋游珲春草帽山[①]

小径疏光镀。总相扶、翩然蝶影，寂寥风雨。一入高台收四野，争睹峰峦绿舞。鸟骤起，随云远去。遥向东方愁入眼，见群楼，落寞天边处。音隔海，梦难渡。　　凭栏默默听风诉。几何时，重归故里，弄情朝暮。历史翻来生黯黯，唯有酸心楚楚。思断续，忧伤难阻。且看今朝新万象，国民强，事事皆能主。思过往，恨封土。

【注释】

①草帽山：位于珲春市春化镇的中俄边境上，在这里晴天能看到楼群林立的海参崴。

金缕曲·珲春敬信四道泡赏荷

边塞秋初笼。近池塘、参差圆叶，翠将红捧。缕缕幽香袭来远，但见花潮如涌。风掠过，纷纷邀宠。几束含情羞见我，蕾未开，守护轻轻梦。云入水，逐鱼动。　　诗思已向芙蓉种。立长堤，娉婷读尽，这般谁懂？何处低低传荷语？怯怯连人心动。问只问，三生与共？定是前缘回眸久，让今时，牵手心相拥。听岁月，指间送。

金缕曲·秋游珲春防川

晓色烟光没。绿相扶，山川遍染，稻田香缀。疏落烟村声杳杳，一路相迎蛱蝶。上阁顶，方知地阔。三国葱茏收眼底，水流金，却遇长桥截。飞鸟恨，素云噎。　　谁思故土情犹切？见人来，花枝摇曳，痛来休说。每到防川心已乱，唯有听风咽咽。愿历史，翻开新页。出海通江终有日，异乡魂，赏尽家中月。情脉脉，忍相别。

金缕曲·初秋珲春吊水湖小酌

秋水泠泠转。绕幽林，岩间九曲，若飘青练。彩蝶翻飞人欲舞，两袖香风软软。惹墨客、登高而侃。忘却凡尘心物外，御长风，仙境周游遍。山叠翠，鸟鸣涧。　　杯浮云影溪相劝。醉千回、人生莫问，仄平相伴。难得偷闲今日里，只合推杯换盏。借小照，收藏画卷。无奈夕阳留不住，纵情深，席宴终须散。思起处，寄鸿雁。

念奴娇·戍边楼落成百年感怀[1]

百年流逝，问烟云、见证几多风物。中有戍楼天外立，守护边疆花月。斑驳青砖，连绵芳草，记录旌旗猎。悠悠江水，更将青史承接。　　看取欢乐今朝，高楼栉比，沃野千香缀。记得当年人策马，战火纷飞愁叠。但笑封侯，轻歌出塞，洒尽青春血。我来还酹，无言凭吊雄杰。

【注释】

①戍边楼：位于延吉市河南道尹小区内，延边州政府北侧，也称道尹楼，是当年爱国将领吴禄贞在清朝末期修建的吉林边务督办公署楼。

沁园春·《长白诗草》出版发行感赋①

赫赫神山，竟引华章，流淌古今。叹唐家宋苑，风流尽演，春花秋叶，情愫难禁。江水悠悠，稻田脉脉，串起潮声落满襟。吟鞭甩，绘边陲旖旎，不负清音。　　如椽彩笔当寻，再续写玲珑一片心。让云轻雨曳，盈盈蝶舞，香浓草语，软软风临。采撷朝阳，聆听溪月，快乐携来和梦斟。怡然处，执惺惺素手，漫步诗林。

【注释】

①《长白诗草》：由延边诗词学会编写的新诗和旧诗合集，分上下两册。

念奴娇·远眺公主陵①

薄烟欺目，树朦胧，守候一抔黄土。犹记风情传九凤，铃响草原深处。静女依依，萧郎脉脉，绝恋倾城舞。爱沉荒岭，伤心买断千古。　　岁月撵过孤陵，烟云飞散，辽水悠悠去。芳草香魂终隔梦，莫道曾经眉妩。辗转光阴，封存故事，不老真情愫。风翻思绪，夕阳残照来路。

【注释】

①公主陵：位于公主岭市新桥村，具体是哪位公主众说不一。

多丽·游宽甸天华山

欲山行，溪声流破晨曦。踏轻盈，风沾鸟语，轻烟锁向迷离。野花摇，露圆清玉，微波起，石蹙纤眉。细叶裁春，幽林揽雾，掬来霞霭绣罗衣。问记忆，相思多久，千里为心期。终赢得，风前携手，一解情痴。　　过通天，天呈一线，岩中直立云梯。足连头，难分彼此；心入口，怯问高低。峭壁欺身，苍穹触手，天台高处带云飞。纵双目，众山扶小，峰叠绿深围。思飘渺，谁仙谁我？梦里依稀。

鹧鸪天·端午悼屈原

晓露晶莹艾叶高，苍天亘古阅离骚。龙舟飞桨追天问，江水凝愁举浪涛。　　伤未落，雨犹浇，凭谁弱笔把魂招。一杯醇酒倾情煮，再遣悲歌入九霄。

解花语·宽甸河口赏桃花

春心未老，玉蕊初娇，酥雨飞些许。逐芳园圃。纤纤叶，翠卷一帘眉妩。摇香楚楚。惹几度，冰魂无主。青草低，蜂蝶缠绵，剪下相思缕。　　今夜情归梦路，引玲珑星月，来解花语。轻烟飘处。斜枝软，慵捧粉腮无数。清风蘸取，再写尽，撩人情愫。扶夕阳，流转花间，问水还轻负？

暗香·桃花行

一襟新月，看街前柳醒，水边桃发。细蕊含金，香裹娇容捧清骨。灯下花人叠影，粉卷里，红尘淹没。恍入梦，遥见颦儿，长泪与花别。　　凄绝。瓣飞雪。欲去总依依，几多情切。素枝溅血，云锁愁容唱词歇。空有才高八斗，只落得、冰魂孤咽。正怅惘，花片片，小风轻缀。

宴清都·贺《长白山池南撷韵》初竣

韵海凭谁渡？如椽笔，写尽神山华赋。蘸江研墨，扶风问月，尽来相助。倾情直关何处？梦钓叟，欣然相顾。难择言，送上心语，情语，史语，诗语。　　心语，草木山音，情语，耿耿难分今古。更含史语，史语，又化满笺诗语。文心白山永驻。励精志、殷勤守护。切莫忘，仍对雄关，崎岖长路。

江城梅花引·敬赠援藏干部

人生总有不同春。别亲人，念亲人。雪域苍茫，处处起烟尘。瘦体如何撑四季？行大爱，舍家山，犹忘身。　忘身，忘身，铸冰魂。山亦亲，水亦亲，走过看过，总不够，疾苦牵神。盘点忧思，无语对黄昏。热血一腔知报国，携壮志，与雄鹰，遨宇宸。

踏莎行・秋夜集安鸭绿江边行

渐老秋声，将阑灯火，一轮明月江心锁。笛声入夜了无痕，闻香可识曾经我？　小径清幽，长丝袅娜，几多情愫凭风裹。由来花落水无心，愁丝乱起真无那。

洞仙歌・秋游长白山南坡

金风乍起，看花摇轻婉。修树横枝触天软。谷幽奇，岁月镶入青岩，尘不到，秋水悠然鸣涧。　多情松拥桦，错节盘根，绝唱人间爱无限。终得近天池，蓝镜峰环，生绮梦，清波柔漫。正忘我，云移影阑珊，远处鸟徘徊，隔山相唤。

金缕曲・荷塘泛舟

池上廉纤雨。绿深沉、随塘婉转，小荷争舞。点点嫣红扶弱质，香落兰舟如许。田叶上、珠摇楚楚。鱼弄圆波清影动，纵娉婷、终是开无主。唯有水，解心语。　轻移短棹行深处，寂无声、风敲画面，浪牵情愫。一片白云游千古，俯视兴衰重组。叹倩影、凋零几度。我欲怜花花怜我，恼今朝、好梦由人负。方叹息，去无路。

浣溪沙·河边野餐

花草飘摇扶梦轻，暖风吹醒一山青。阳光和酒煮曾经。　　人入尘中添怅惘，心期物外度空灵。斟杯溪语醉浮生。

菩萨蛮·集安登将军坟

春风又送江南绿，柳莺低语催春促。小径草悠悠，不知青冢愁。　　绕坟轻叹息，烽火如烟隔。故事已尘封，杏花空自红。

江城梅花引·春雪

翩翩素影共春来。爱盈怀，意盈怀。不道人间，是否起尘埃。裁剪芳姿成六角，着花落，缀梢头，和梦开。　　梦开，梦开，香绕台。风一街，雪一街。看也看也，看不够，画里金钗。执手相询，为我展形骸？唯恐东君因妒恼，招汝去，月空留，第几涯。

蝶恋花·江密峰梨园四季

一、春

春到梨园花楚楚，一片清芬，素影斜偎树。玉蕊含羞风起处，恰如小蝶飞无助。　　已是轮回经几度。依旧冰清，依旧情如故。历史长河留小驻，当时明月今时雨。

二、夏

夏到梨园青涩涩，独挂枝头，已做尘中客。草影徘徊云守一，连山绿里花无色。　　几簇阳光穿缝隙，照过悠然，可把香儿觅？入夜风轻云潜入，多情丝雨情如织。

三、秋

秋到梨园黄灿灿，累累盈枝，压得风儿叹。未近山前香扑面，盈来红袖痴痴恋。　　小径霜烟浮晚恋，不忘鸡林，曾是皇家苑。昨日繁华今日换，笑声一串如人愿。

四、冬

冬到梨园风猎猎，吹散寒烟，看得山真切。疏落斜枝无一物，清空只有梢头月。若是层林飘玉雪，朵朵纤柔，来把尘淹没。待到冰消花抱叶，曾经故事春翻阅。

蝶恋花·无题二首

一

细数寒凉风又捧。拈起幽思，只向愁中笼。索向苍颜欢与痛，无言放得心沉重。来去人生皆是梦。聚散听凭，飘渺成烟冢。莫把心情随意送，世间谁个真能懂。

二

过耳风声留不得。纵有余音，也作无缘隔。走进黄昏听瑟瑟，浮华难有情归一。唯恐忧深心失律。强把闲时，填满依平仄。名利抛开从简易，红尘万丈皆为客。

千秋岁·夏游集安五女峰

多情如许，缠绕轻轻雾。峰起伏，云争舞，人融山水绿，蝶采花心语。天一线，风衔银瀑飞来雨。心洗烟尘去，愁赖禅音渡。浓荫下，清溪处，草摇纤影动，水细青苔聚。黄昏落，盈盈五女扶眉妩。

总　　跋

经与蒋力华先生多年的思考、谋划与操办，在我省老领导王云坤、张岳琦、唐宪强的关心、支持下，在吉林省委宣传部、吉林省财政厅、白山市委、吉林省文史研究馆、吉林省长白山文化研究会和时代文艺出版社的大力支持下，吉林省诗词学会、长白山诗社认真操作、实施，“长白山诗派丛书”终于面世。

“长白山诗派丛书”，原思路是编撰“长白山诗词流派丛书”，以长白山天池为发端，将沿大泽、松花江、鸭绿江、图们江、伊通河、东辽河、辉发河、浑江、牡丹江、嫩江等江河的诗人之作品分别结集成卷，再加上一卷黑土地农民诗人卷，共编辑出版三百卷，已经列出入围名单。在征求意见时，各方普遍感到规模过于庞大，缺乏财力支持，难以启动和实现。后来，便收缩了范围，缩小了规模，改为“长白山诗派丛书”，规模为一百卷，分三年完成。2019年，是新中国成立七十周年，就先出七十卷，向国庆七十周年献礼。2020年，是长白山诗社成立三十七周年、吉林省诗词学会成立三十三周年、吉林省长白山文化研究会成立二十周年，再编辑出版三十卷，完成一百卷的创新、补白之举。

中国作为诗的国度，“诗派”之说古已有之。盛唐之诗代表了唐诗的最高成就，这是唐诗的第一个高峰。其标志是两大诗派：一是以王维、孟浩然为代表的山水田园诗派，二是以高適、岑参为代表的边塞诗派。李白和杜甫是盛唐双峰并峙的伟大诗人，他们的诗歌代表了唐诗乃至中国古典诗歌的最高成就。唐德宗贞元到唐宪宗元和年间（785—820年），唐诗发展的第二个高峰出现了。其标志也是两大诗派的崛起：一个是以白居易为首，元稹、张籍、王建、李绅等人为羽翼；另一个是以韩愈为首，孟郊、贾岛、卢仝、李贺等为羽翼。他们面对诗的创作"极盛难继"的困境，敢于追求变化创新，努力从博大精深的杜甫诗中汲取开拓创新的思想艺术营养，学习杜甫"因事立题"、用乐府诗反映民生疾苦，使杜诗的现实主义精神得到进一步发扬光大。他们继承了杜甫在艺术上刻意求新、富于创造性的精神，写险怪、写幽僻、写苦涩、写冷艳等，以散文章法、句法入诗，并且大量使用一些非前人诗中所习见的词语，押险韵，拓展了诗的表现领域，丰富了诗的创作手段和艺术风格，推动了唐诗的发展。现在，我们距唐诗第二个高峰，已历约一千二百年。

清代诗人宋荦在《漫堂说诗》中写道："唐以后诗派，历宋、元、明至今，略可指数。宋初晏殊、钱惟演、杨亿号'西昆体'。仁宗时欧阳修、梅尧臣、苏舜钦谓之欧、梅，亦称苏、梅，诸君多学杜、韩。王安石稍后，亦学杜、韩。神宗时，苏轼、黄庭坚谓之苏、黄。又黄与晁补之、张耒、陈师道、秦观、李廌称苏门六君子。庭坚别开'江西诗派'，为'江西'初祖。南渡后，陆游学杜、苏，号为大宗。又有范成大、尤袤、陈与义、刘克庄诸人，大槩杜、苏之支分派别也。其后有'江湖'四灵徐照、翁卷等，专攻晚唐五言，益卑卑不足道。金初以蔡松年、吴激为首，世称'蔡吴体'。后则赵秉文、党怀英为巨擘，元好问集其成。其后诸家俱学大苏。元初袭金源派，以好问为大宗。其后则称虞（集）、杨（载）、范（椁）、揭（傒斯），元末杨维祯、李孝光、吴莱为之冠，前如赵孟頫、郝经，后如萨都剌、倪瓒，皆有可观。明初四家，称高（启）、杨（基）、张（羽）、徐（贲），而高为之冠。成、宏间李东阳雄张坛坫。迨李梦阳出，而诗学大振，何景明和之，边贡、徐祯卿羽翼之，亦称四杰，又与王廷相、康海、王九思称七子。正、嘉间又有高叔嗣、薛蕙、皇甫氏兄弟稍变其体。嘉、隆间李攀龙出，王世贞和之，吴国伦、徐中行、宗臣、谢榛、梁有誉羽翼之，称后七子。此后诗派总杂，一变于袁宏道、锺惺、谭元春，再变于陈子龙。本朝初又变钱谦益。其流别大槩如此。"

关于清诗流派，众说纷纭。《清诗流派史》一书细分了二十多个诗派，竟无一个长白山诗派，显然值得思索与商榷。长白山诗派是个客观存在，不论是否论及，都否定不了其实际上的存在。这一点，本书总序中已有论述，恕不赘言。

长白山地处东陲，"东陲无文"之见根深蒂固。传承、繁荣长白山诗派，是长白山地区诗人责无旁贷的使命。在这方面，我们努力了。从1994年蒋力华在白山市主持召开全国第一次长白山文化研讨会、1996年我在白山市主持召开全国第二次长白山文化研讨会、1998年我在白山市主持召开第三次长白山文化研讨会暨《长白山诗词选》首发式起，我们持之以恒地努力了二十多年。这二十多年，我们主要做了三件事：

一是，梳理了长白山诗词在中华诗词中的源流关系。雄伟的长白山和广袤的关东大地，是孕育长白山诗词的肥沃土壤。类利的《黄鸟歌》，是长白山下第一首有确切作者名字的带有《诗经》风格的四言诗。隋炀帝的《纪辽东》，是词的源头。其中写道"清歌凯捷丸都水，归宴洛阳宫"，丸都，就在长白山下。李世民的"驻跸俯丸都，伫观妖氛灭"，亦然。李白的《高句丽》《送王孝廉觐省》，直接写长白山下的土著。苏东坡的《人参》，直接写到长白山的特产。陆游的"鸭绿桑幹尽汉天""却回射雁鸭绿江"，都是写长白山发源的鸭绿江。张元幹的"山拥鸡林，江澄鸭绿"，正是长白山的景物。王寂的《张子固奉命封册长白山回以诗送之》，是以诗证史的权威诗作。赵秉文的《长白山行》、刘敏中的《卜算子·长白山中作》，不可多得。元曲中的"雄赳赳，气昂昂"，成为中国人民志愿军军歌的歌词。朱元璋的《鸭绿江》，康熙的《望祀长白山》《松花江放船歌》，尤侗的《长白山赋》，吴兆骞的《长白山》《长白山赋》，曹寅的《乌拉江看雨》，纳兰性德的《柳条边》，乾隆的《望祭长白山》《吉林土风杂咏十二首》，顾太清的《冰灯》，吴大澂的《皇华纪程》，张凤台的《赠刘建封勘查长白山》，刘建封的《白山纪咏》，吴禄贞的《又留别长白山》等，不胜枚举。两千多年，诗咏长白，一脉相承；脉发长白，源远流长。中华民族诗的传承在东北、在吉林有脉可寻。从隋炀帝的《纪辽东》到康熙的《松花江放船歌》，就是一部史诗，也是关东大地的历史，清晰地记载着、深远地影响着中国的历史。以诗可以纪事，以诗可以证史。

二是，搭起了以诗词贯通古今的桥梁和平台。新的长白山诗派，由1998年《长白山诗词选》的出版开始，代表着新气象之开端，至今已二十一年。2004年，吉林省诗词学会与“中华诗词论坛”合办“关东诗阵”，至今已历十五年。“吉林诗词现象”“关东诗阵现象”，已经在中华诗词界得以公认。这应是中华诗词由复苏到复兴进程中的新生事物。我们以“关东诗阵”为主要平台，组织东北以及关内关心东北地区诗词文化建设的诗人，坚持集中开展采风创作，紧紧围绕长白山诗词流派建设，以诗纪事、以诗证史，在创作中培养、提高队伍。“吉林诗词现象”和“关东诗阵现象”，实质上是当代中华诗词的一种创造性实践，是长白山诗派复兴和崛起的象征。

自2007年以来，我们搞了二十多次采风创作，在吉林人民出版社、吉林文史出版社、时代文艺出版社出版了二十多部大型主题诗词专集。在“华夏杯”等全国诗词大赛上，邵红霞等诗人多次获大奖，吉林省诗人甚至曾囊括一、二、三等奖和优秀奖。

《长白山诗词》杂志，有国内和国际公开刊号、有经费、有编制，成为诗人永远的家园……《长白山诗词》创刊三十五年，已出刊一百五十期，刊发诗、词、曲等七万多首。《长白山诗词选》收录诗词作品一千一百六十一首。《中华诗词文库·吉林诗词卷》刊发诗词三千五百五十五首。二十多部采风专集收录诗、词、曲、赋三万余首。直接写长白山等景物的计约一万五千首。这是之所以敢称长白山诗派的雄厚的诗词作品基础和现实的工作基础。

三是，培养了队伍，创作了一批标志性作品。拙斋与蒋力华先生写长白山及关东地区景物的诗词，都在一千首以上。这都是从来没有过的。我们整理、新创了《纪辽东》《玉甸凉》《海龙吟》《一剪梅引》等新词牌，得五千多首作品，温瑞先生称其“具有里程碑的意义”。自2005年以来，连续十五年举办迎春唱和活动，范围包括全国各省，和诗数量近万首，古之未见。在诸如“呼唤”“蟹岛唱和”“海棠雅集”等当代国内最重要的诗词活动中，我们大致都提供了二分之一的作者、三分之二的作品。范围之广、数量之大、反应之灵敏、集结之快速，都是关东诗阵、诗域吉林的特殊存在、实力所在。拙作《张福有诗词选续辑》的出版，被誉为当代长白山诗派的代表作和巅峰，直接促成了“长白山诗派丛书”的立项。

从诗教和诗词基本建设方面来说，我们有意识地下了很大功夫。吉林省诗词学会老会长、长白山诗社社长张岳琦携女张昕所著的《诗词格律简捷入门》，一版再版，深受欢迎。拙著《诗词曲律说解》，公木先生作序，畅销南北，免费发在“国学宝典”网上，惠人无数。吴文昌的援藏援疆新边塞诗，蒋力华的《纪辽东》，张应志的《关东历史名贤百咏》，温瑞的民间风情，聂德祥的《虎啸集》等，都可圈可点。在被周笃文先生誉为“关东铁军”的兵团中，有十分耀眼的女子方阵和农民方阵。王述评、于子力、胡玫、王丽珠、赵凌坤、李容艳、奚晓琳、黄春华、陈静、卢海娟、林丽、吴菲，被称为“十二仙媛”，出版了《十二仙媛集》。许清忠、李彦、刘振翔、张利春、王雪梅、王玉孚、杨丽、高俊香、常红岩、冯振江、杨秦山、郎丽萍、金福昌等一批农民诗人和赵志梅等一批工人诗人，已经成为吉林黑土地上的知名诗人。

由上可知，2010年杨金亭先生关于“可以说，长白山诗词流派，现在已经初步形成”的概括，是符合实际的。面对如此丰厚的成果，我们有责任将其裒辑成卷，以便于当代及后人研究。我们面临一个新时代、好时代。这一时代的长白山诗词创作，着眼历史使命，秉持人民立场，坚定文化自信，繁荣诗词创作，记载发展历程，积累创作经验，是不可断条、不可或缺的。留下我们所处时代的诗的韵律、诗的画卷、诗的记忆，不负我们所处的伟大时代和庄严使命。这套丛书的出版，也有助于消除“东陲无文”的偏见。

“长白山诗派丛书”已入选的作者和作品，无疑是当前吉林省和辽宁省、黑龙江省诗人中的佼佼者和代表作，但并非没有不足之处。同时，由于名额所限等因素，还有一些作者、佳作未能入选。这当然是一个遗憾。好在还有多种渠道和路径，会不断弥补这个遗憾。应当相信，只要是好诗词，就不会被埋没。

“长白山诗派丛书”的出版，既是对一个阶段长白山诗词成果的集中检阅，又是一个新的起点和标志。以往若干研究中国东北文学和诗词的学者，大都无视当代旧体诗人之作。这不能怪别人，至少我们没有系统呈现这方面的丰硕成果。相信“长白山诗派丛书”出版之后，这一情况会有所改观。如此丰硕的诗词成果，是不容忽视的。至于如何评价，那是又一回事，而且对于现在来说，那不是主要的。是非成败，悉由后人评说。

最后，还要由衷地感谢王云坤同志为“长白山诗派丛书”题签。感谢省委宣传部和时代文艺出版社，自觉贯彻落实习近平总书记关于文化建设一系列重要指示，积极立项“长白山诗派丛书”一百卷。这是长白山文化事业建设的大举措，是一种高度的文化自信和文化自觉。时代文艺出版社决定要出精装本，精心选择印刷厂家，体现了高度重视和担当精神。在编辑的过程中，经费不足，得到了白山市委的给力支撑，这也是高度的文化自信和文化自觉的鲜明体现。全省各级诗词学会和诗词组织，认真贯彻落实省诗词学会的部署，精心选择、推荐作者，积极帮助准备作品，在极短的时间内，高效地完成各项任务。所有作者都积极主动，像珍惜生命一样珍惜这样千载难逢的好机会，认真选稿，反复修改。“长白山诗派丛书”的主编、副主编、编委会成员以及出版社的编辑、制作团队，日夜兼程，加班审稿、改稿，扫除差错。正是各方面的配合与努力，使这项空前的诗词文化工程得以顺利完成，并以此向新中国成立七十周年献礼。

总跋赘语

赫然百帙出东陲，率发洪荒力共推。
十六奇峰围大泽，三千弱水毓雄碑。
磬音启昧缥缃醉，手斧披榛锦绣维。
聊引遐陬通韵府，一开绮卷一扬眉。

張福有

2019年4月20日于长春养根斋